일상이 고고학

나 혼자 통영 진주 여행

일상이 고고학

나 혼자 통영 진주 여행

황윤 역사 여행 에세이

책읽는고양이

프롤로그

통영시립박물관을 방문한 가을 어느 날,

"음, 이 작품이 바로 그 유명한 이순신 장군 초상
이로군."

통영에 가면 반드시 보려고 벼르던 작품이다. 이
곳 박물관 2층에는 두 점의 이순신 초상이 함께 전시
되고 있는데, 한 점은 작은 액자 속 푸른 옷을 입고
있고 다른 한 점은 이보다 2배 정도 큰 크기로 조선
후기 복장인 구군복(具軍服)을 입고 있다. 가만히 감
상해보니, 참으로 이질적이면서도 인상적인 분위기
로 다가오는 걸.

두 작품이 이토록 이질적으로 다가오는 이유는?

일제 강점기 시절, 작은 작품은 수채화로, 큰 작품
은 전통 채색화로 그려졌다. 수채화 작품은 엘리자
베스 키스(Elizabeth Keith, 1887~1956)라는 영국인
화가에 의해, 전통 채색화는 근현대 전통 회화를 그
린 성재휴(成在烋, 1915~1996)에 의해 그려진 작품
이라는 사실. 즉 비슷한 시점 서양화가가 서양화 기
법으로 그린 이순신과 동양화가가 전통 채색화로 그

엘리자베스 키스, '청포를 입은 무관', 통영시립박물관. ©Park Jongmoo

린 이순신이 대비되듯 한 곳에 전시된 것이다. 덕분에 이질적이면서도 묘한 분위기를 풍기는 듯싶군.

다만 성재휴 작품은 선배 작가인 이상범(李象範, 1897~1972)이 아산 현충사에 배치할 분명한 목적 아래 1932년 그린 이순신 초상화를 모델로 하여 1938년에 그린 것인 반면, 엘리자베스 키스가 그린 이순신에 대해서는 다양한 주장이 존재한다. 사실 해당 작품의 명칭부터 사실 이순신이 아니거든.

키스의 한국 관련 책《영국 화가 엘리자베스 키스의 코리아》《키스, 동양의 창을 열다》를 번역한 송영달 미국 이스트캐롤라이나대학교 명예교수는 키스의 이 '무인 초상화'를 최근 입수했다. 이 그림은 그동안 키스의 조카인 애너벨 베러티가 소장해왔다.《키스, 동양의 창을 열다》번역판에는 송 교수가 붙인 부록에 키스의 그림들이 나열돼 있는데, 이 그림은 '청포를 입은 무관'으로 소개돼 있다.

〈경향신문〉 영국 화가 키스가 그린 초상화 인물은 이순신 장군

2019. 7. 7.

기사 내용처럼 해당 그림에 대해 엘리자베스 키스는 이순신이 아닌 '청포 입은 무관'이라는 제목을 붙였다. 하지만 엘리자베스 키스가 죽은 후 '청포 입

이상범이 그린 그림을 바탕으로 성재휴가 그린 이순신. 1938. 시립통영박물관. ©Park Jongmoo

은 무관'은 그의 조카가 소장한 채 오랜 기간 공개되지 않았다고 한다. 근래 송영달 교수가 책을 번역하다 발견한 직후 무인 뒤에 거북선이 가득한 병풍에 주목하면서 다음과 같은 주장이 여러 사람들에 의해 등장하였다. 혹시 아산 또는 통영 등지에 남아있던 이순신 초상화를 일제 강점기 시절 엘리자베스 키스가 보고 옮겨 그렸을 가능성이 있지 않을까?

관심도가 높아지자 송영달 교수는 해당 작품을 구입한 뒤 통영시에 기증하였고, 지금처럼 통영시립박물관에 전시되기에 이른다. 그 과정에서 언론을 통해 이순신 초상으로 널리 알려지면서 현재는 나름 통영시립박물관의 상징처럼 알려진 상황.

그렇다면 정말로 해당 작품은 조선 시대에 그려진 이순신 초상을 엘리자베스 키스가 보고 옮겨 그린 것일까? 궁금해진다. 이를 살펴보기 위해 그제 방문한 진주 여행부터 이야기를 시작해보자.

차례

1

진주성과 임진왜란

유등축제

진주 유등축제를 볼 겸 KTX를 타고 진주를 방문했다. 10월 중순이라 그런지 하늘이 파랗고 쾌청하여 좋군. 진주역에서 버스를 타고 20분 정도 지나 남강을 건너는데, 오 저기 축제 모습이 보이네.

진주성 주변 남강에 용, 봉황, 코끼리, 공룡, 귀여운 인형, 연꽃, 사람 등등 다양한 모양의 등이 물에 떠있다. 밤이 되어 불이 켜지면서 더욱 아름답겠지. 또한 강 곳곳에는 다리를 연결하였는데, 마치 정조시대 화성원행의궤도에 선보인 배다리처럼 디자인한 것이 재미있다. 낮인데도 벌써부터 이곳저곳 사람들로 붐빈다. 저녁이 되면 지나가기 힘들 정도로 인파가 넘칠 듯. 아무래도 축제를 즐기러 전국에서 오니까.

이 유등축제를 단순히 진주를 가로지르는 남강에서 벌어지는 현대적 축제쯤으로 여길지 모르겠지만, 실은 임진왜란과 연결된 숨은 이야기가 있다. 즉 단순한 지역 축제가 아니라는 의미. 이를 한 번 살펴볼까?

유등축제 배다리. ©Park Jongmoo

화성원행의궤도 중 배다리.

임진왜란 3대 대첩으로 1. 1592년 7월 한산도대첩, 2. 1592년 10월 진주대첩, 3. 1593년 2월 행주대첩을 꼽는다. 이들 각각의 전투는 임진왜란 전황을 크게 바꾼 중요한 사건이었으니, 이 중 진주대첩이 벌어진 곳이 다름 아닌 남강을 주변으로 한 진주성이거든.

　1592년 4월 13일, 도요토미 히데요시의 명령과 함께 무려 20만 대군으로 조선을 침략한 일본은 부산 상륙 불과 20일 만에 한양을 함락시키는 속전속결의 모습을 보였다. 이때 일본의 전략은, 1. 조선 왕을 사로잡기 위해 북쪽으로 빠르게 진격한 일본 육군을 위한 보급은 배에 실어 일본→대마도→남해안→서해안을 거쳐 이동시키고, 2. 그 과정 중 한반도 곡창지대인 전라도까지 함락시켜 해당 자원 역시 일본군이 적극 사용하도록 하며, 3. 이를 통해 빠른 속도로 조선을 흡수하여 한반도를 보급 기지로 삼은 후 명나라로 진격하겠다는 것이었다.

　그러나 1592년 7월 8일 한산도대첩에서 이순신 장군에게 대패함으로써 1차적으로 일본 육군의 보급을 맡아줄 해상 지원이 무너졌고, 1592년 10월 김시민이 이끈 진주성에서 일본이 패배하면서 2차적으로 곡창지인 전라도 진출마저 실패하게 된다. 이로써 이미 북쪽으로 진출한 일본군은 해상으로 본국의 보급품을 지원받을 수 없게 된 데다 한반도 안에서도 전라도에서 보급품을 얻으려던 기본 계획마저 무너지고 말았지.

그러던 차에 조선 지원을 위해 명나라가 군대를 파견하며 참전하였고, 1593년 2월 한양 근처에서 권율이 주도한 행주대첩에서도 크게 패배하면서 일본은 더 이상 북쪽에서 군대를 유지할 수 없었다. 그 결과 일본과 가까운 경상남도로 후퇴하여 기회를 보며 버티는 작전으로 변경하였다. 이로써 임진왜란의 전체적인 분위기는 사실상 도요토미 히데요시의 실패로 정해지고 만 것이다. 하지만 한반도 전역에서 벌어진 전쟁이었던 관계로 조선은 승리했음에도 매우 큰 피해 속에 처절한 기억으로 남은 전쟁이 되고 만다.

이처럼 임진왜란에서 큰 의미를 지닌 전투가 벌어진 진주성. 이곳에서 김시민과 조선 병사들이 일본군의 도하를 저지하고 군사 신호 및 통신을 위하여 남강에 등불을 띄운 것이 오늘날 유등축제의 기원이다. 그런 만큼 유등축제는 과거 역사적 사건을 방문객들이 직간접적으로 경험하는 의미도 가지고 있지.

자. 버스에서 내렸으니, 지금부터는 진주성으로 가서 진주대첩을 상세히 그려볼까.

진주성의 과거와 현재

버스 정류장에서 진주성 공북문을 향해 천천히 걸어간다. 아무래도 북쪽 성문부터 들어가면서 여행하는 것이 구경하기 편해서 말이지. 거리상 약 10분 정도 걸어야 할 듯. 걸으며 바라보니 저 위의 성곽이 꽤 운치 있게 보이는걸.

현재 성 둘레 1.7km의 진주성 규모는 임진왜란 당시보다 크게 축소된 형태다. 본래는 지금보다 동쪽으로 더 길고 넓게 뻗어있었지. 어느 정도냐면 현재 진주성 동문인 촉석문 앞으로 진주시가 대첩광장을 조성하고 있는데, 해당 영역을 포함한 주변 상당이 진주성 내부에 속했을 정도. 그러나 성이 너무 넓어 오히려 방어하기 어렵다고 여겼기에 임진왜란 이후 동쪽 성을 일부 축소하였으며 그 과정 중 진주성 내부에 성을 하나 더 만들어 외성과 내성으로 크게 나누게 된다. 즉 성을 적당한 규모로 줄이되 만일 적에게 외성이 무너지면 내성으로 옮겨가 방어하는 방식으로 생존력을 높인 것이다. 다만 임진왜란 시점에 내성, 외성으로 구분된 시스템이 준비되었다면

진주성 공북문. ©Park Jongmoo

더욱 난공불락으로 유지되었을 텐데 안타깝군.

결국 현재 남아 있는 진주성은 임진왜란 이후의 내성이 위치한 곳이며 한때 둘레 4km에 다다르던 외성은 완전히 사라진 상황이다. 이는 일제 강점기 시절을 거치며 벌어진 안타까운 점이라 하겠다. 일제 강점기가 시작되기 직전 외성이 먼저 철거되고 일제 강점기 시절에는 더 나아가 내성까지 철거되고 말았으니까. 하지만 독립 후 1960년대를 지나며 수차례 복원되어 내성 부분만 겨우 되살아날 수 있었다. 즉

공북문   진주성

조선 후기의 진주성
신북문

북문(구북문)

북장대

조선 초기의 진주성

공북문

촉석문

촉석루

서문

서장대

현재의 진주성

동문

남문

남문

임진왜란 당시의 진주성

촉석루   촉석문

(위) 현재 성 둘레 1.7km의 진주성 규모는 임진왜란 당시보다 크게 축소된 형태다. 사진 게티이미지 (왼쪽) 조선 초기, 임진왜란 시기, 조선 후기, 현재의 진주성 모습. 카카오위성사진

현재의 진주성은 임진왜란 때와 비교하여 약 5분의 2 정도 규모라 보면 좋을 듯.

한편 촉석문 앞 오랜 기간 주차장으로 사용하던 장소를 대첩광장으로 조성하던 중 통일신라 배수로, 고려시대 토성 등이 발굴되어 주목받았다. 이를 통해 조선 시대 이전부터 이미 진주성이 중요한 요충지로 활용되었음을 알 수 있었지. 오죽하면 진주성에 대해 저 과거로 가면 백제 거열성(居烈城)에서 시작되었다는 학자들의 주장이 다시금 부각될 정도로 의미 있는 발굴 성과였다. 이렇듯 진주성은 임진왜란 전부터 이미 역사가 남다른 장소였던 것.

이로써 현재 남아 있는 진주성의 모습과 과거의 진주성 모습까지 대략 살펴보았다. 그렇다면 임진왜란 때 성을 지킨 김시민을 필두로 3800명의 조선 군사들이 5배가 넘는 2만 명의 일본군과 격전을 펼쳤던 곳은 어디였을까?

진주성은 현재 사라진 동쪽 지역이 방어에 있어 약점이었다. 지금도 성을 살펴보면 성 남쪽으로는 폭이 넓은 남강이 흘러 함부로 공격하기 힘들고, 서쪽은 경사 높은 언덕에 위치하여 역시나 공략이 쉽지 않다. 또한 북쪽에는 적의 침입을 막기 위해 성 밖으로 해자를 둘러 방어력을 크게 높였지. 일제 강점기 시절 매립되어 사라진 대사지(大寺池)라 불리던

(위) 촉석문. 사진 게티이미지 (아래) 촉석문 앞 오랜 기간 주차장으로 사용하던 장소를 대첩광장으로 조성하고 있다. ⓒPark Jongmoo

일제 강점기 시절 매립되어 사라진 대사지라 불리던 거대한 연못.

거대한 연못이 바로 그것.

　이에 비해 평지에 위치한 동쪽 성벽은 진주성의 유일한 약점이었던 만큼 임진왜란 때 일본군은 이곳을 적극 노렸으며, 김시민을 비롯한 조선군 역시 성 동쪽에서 최선을 다해 방어에 임했다. 이는 곧 현재 남아 있는 진주성이 아닌 사라진 진주성에서 큰 격전이 벌어졌음을 의미한다. 현재 그 위치를 대략 찾아보자면 '장대어린이공원' 주변이 바로 그곳이다. 혹시 관심이 있다면 네이버 맵이나 카카오 맵으로 찾아보면 좋을 듯싶군.

촉석문

장대어린이공원 블럭

촉석문부터 장대어린이공원 블럭까지가 사라진 진주성 영역. ⓒPark Jongmoo

드디어 공북문에 도착. 이미 입장하는 사람들로 가득한데, 마침 축제 때라 입장료가 무료다. 그렇다. 기억해두자. 설날과 추석·유등축제 때는 진주성 입장료가 없다는 사실. 이는 반대로 축제가 없을 때는 표를 사야 한다는 의미다.

김시민은 누구?

성 안으로 들어서자 각양각색의 인형들이 장식되어 있다. 특히 임진왜란 때 진주성 전투를 묘사한 인형들이 매우 인상적. 다만 이런 인형들 하나하나가 등이기에 저녁이 되면 아름답게 빛이 날 예정이다. 그리고 저쪽으로는 공연하는 밴드 모습이 보이고 가족과 함께 여행 온 관람객, 연인과 함께 온 관람객, 친구들과 단체로 여행 온 중·고등학생들 등 수많은 사람들이 구경하고 있다. 중간중간 여기저기 뛰어다니는 아이들도 많이 보여 기분이 좋군. 왁자지껄한 분위기 덕분에 정말 인기있는 축제로 다가오는구나.

성 남쪽, 그러니까 남강이 보이는 뷰가 시원한 길을 따라 서쪽으로 쭉 올라가본다. 성에서 아래를 내려다보니, 남강 쪽 유등이 배치된 것이 정말 잘 보이는걸. 휴우. 기분이 상쾌해. 이렇게 안으로 깊숙이 들어가다보면 어느덧 국립진주박물관이 눈앞에 당당한 모습으로 등장한다는 사실. 다만 지금은 박물관 안에 들어갔다가 금방 나올 예정이라, 박물관에 대한 설명은 조금 이따 하겠다. 박물관 입구로 들어

임진왜란 때 진주성 전투를 묘사한 인형들. ©Park Jongmoo

남강이 내려다보이는 성곽 길을 따라 서쪽으로 이동. ©Park Jongmoo

가 오른쪽으로 이동하면 가방이나 짐을 보관할 수
있는 물품보관함이 있거든. 여기에 짐을 넣어두고
가벼운 몸으로 진주성을 돌아볼 생각이다.

자~ 진주성에 올 때마다 이렇게 짐을 박물관 물품
보관함에 두곤 한다. 가볍게 비밀번호로 열고 닫고
가 가능하니, 혹시 짐이 있다면 이곳에 맡기는 것을
추천. 여행 때 가방을 계속 들고 다니면 아무래도 피
곤하니까 말이지. 그럼 마저 서쪽으로 더 이동해볼
까?

언덕 위에 위치한 진주성 서쪽 가장 끝 부분, 등산

언덕 위에 위치한 진주성 서쪽 가장 끝 부분에 서장대가 있다. ©Park Jongmoo

을 하듯 서장대가 위치한 곳으로 이동하다보니, 점차 주변 관람객도 줄어 한산하다. 아무래도 성 중심부에서 점차 떨어져서 그런 듯. 조용한 분위기가 만들어진 만큼 진주성 전투 과정에 대한 이야기를 시작해볼까? 그전에 우선 전투를 승리로 이끈 김시민에 대해 알아볼 시간.

조선은 과거 시험으로 고위 관료를 뽑던 국가였던 만큼 합격자에 대한 기록도 잘 남아있는 편이다. 이를 문무과방목(文武科榜目)이라 하니 소위 문과, 무과 과거 합격자 명부를 뜻하지. 특히 해당 기록에는 과거 합격자 본인에 대한 사항, 가족에 대한 내용, 시험의 종류 및 성적 등이 상세히 표기되어 있다.

예를 들면 이순신의 경우 1576년 식년시(式年試: 3년마다 보는 정기 시험) 무과에 32세의 나이로 합격하였으며 총 29명의 합격생 중 병과(丙科) 4위에 해당했다. 다만 당시 과거 시험은 성적에 따라 갑, 을, 병으로 나누어 성적을 표기했기에 갑 3명, 을 5명에 이은 병 4위로서 이순신의 전체 성적은 12등이었다. 또한 이순신에 대해 자(子)는 여해(汝諧)이며, 가족 사항으로 아버지는 종5품의 창신교위(彰信校尉)였던 이정, 형제로는 이희신, 이요신, 이우신 등이 있었다. 이렇듯 과거 합격자 명부에는 합격생을 넘어 해당 인물의 가족 정보까지 정확히 기록해두었지.

뿐만 아니라 전력(前歷: 과거의 경력)이라는 항목에는 이순신에 대해 보인(保人)이라 되어있으니, 이는 곧 합격할 당시 별다른 직업이 없었다는 의미다. 지금으로 치면 무직? 그렇다면 반대로 직업을 지닌 이가 무과에 합격한 경우가 있었다는 것인데, 물론이다. 이순신이 합격할 당시 29명의 합격생 중 무려 25명이 내금위, 갑사 등의 하급 군인 출신이었거든. 오히려 보인, 즉 아무 직업이 없던 이는 이순신 포함 4명에 불과했다. 이를 미루어볼 때 보통 군 경력이 있던 인물들이 장교로서 더 높은 지위에 오르기 위해 무과 시험에 도전했던 모양.

한편 문무과방목(文武科榜目)에 따르면 1592년 10월, 진주대첩을 이끈 진주목사 김시민(金時敏, 1554~1592)은 31세에 1584년 별시(別試: 비정규적으로 시행된 시험) 무과에 합격한 인물로서 합격 당시 성적은 을과(乙科) 3위에 해당했다. 이때에는 무려 202명이 무과에 합격하였는데, 이를 갑 1명, 을 16명, 병 185명으로 나누었다. 즉 당시 김시민은 202명 중 4위에 해당하는 높은 성적을 거둔 것이다.

무엇보다 김시민의 경우 전력(前歷)이 겸사복(兼司僕)이라 되어 있다. 겸사복은 조선 시대 정예 기병 부대이니, 김시민이 과거 시험 합격 전 중앙군에 편제된 기병으로 활동했음을 알 수 있다. 이처럼 이순신과 달리 김시민은 이미 군인 경력이 있는 상태에서 과거 시험에 합격했던 것.

그런데 왜 이순신 때와 달리 김시민 때는 무려 202명의 무과 합격생이 배출된 것일까? 이는 당시 벌어졌던 큰 전쟁인 니탕개의 난과 연결된다. 1583년 함경도에서 니탕개가 이끈 여진족이 조선을 침범하는 일이 벌어졌는데, 최대 3만 명의 유목민이 공격해온 엄청난 사건이었거든. 이는 임진왜란 전까지 가장 많은 숫자의 외부 적이 조선으로 침입한 사건이었을 정도. 이후 약 4년에 이르는 여진족의 준동을 막아내는 과정에서 조선 정부에서는 적극적으로 장교를 보충하고자 1583년에는 비정규 시험인 별시로 500명, 1584년에는 별시로 202명의 무관을 무과 시험에 합격시켰다. 그 결과 이순신 합격 때는 29명에 불과했던 무과 합격생이 김시민 때는 202명에 이르게 된 것이다.

홍미로운 점은 니탕개의 난을 제압하는 과정에서 임진왜란 때 명장으로 올라서는 이순신, 김시민, 황진, 이억기 등이 하급 장교로서 활약했다는 사실. 덕분에 임진왜란의 명장들은 비교적 실전 경험이 풍부한 상황에서 일본군을 맞이할 수 있었다. 즉 이들이 이룩한 혁혁한 공은 과거부터 충실히 경험한 군 경력이 만들어낸 결과물이었던 것.

그리고 시간이 흘러 1591년, 이순신은 전라좌도 수군 절도사(정3품)에 임명되었고, 김시민은 진주판관(종5품)에 임명되었다. 이는 1592년 임진왜란이 터지기 직전 이루어진 인사였다.

진주대첩

드디어 높다란 위치에 자리 잡은 서장대에 도착했다. 서장대에서 바라보니 진주시 전경이 저 멀리까지 시원하게 펼쳐 보이는군. 이처럼 지금은 조용히 진주시 뷰를 감상하는 곳으로 알려졌지만, 과거에는 군대를 지휘하는 중요한 장소로서 주변에 비해 높은 장소인 만큼 적병의 움직임을 세세히 파악하여 명을 내릴 수 있었지.

한편 이런 장소로는 진주성 내 북장대도 있다. 역시나 지휘소가 있던 장소로서 서장대보다 규모가 더 크며 광해군 시절인 1618년 중건한 뒤, 근래 수리 과정에서 고종 시절인 1864년에 쓴 상량문이 발견되며 더 큰 유명세를 얻었다. 상량문은 새로 짓거나 고친 건물의 내력을 적어둔 문서로서 이를 통해 고종 시절에 북장대의 수리가 있었음을 알 수 있었거든. 그렇다면 북장대는 일제 강점기라는 어려운 시절에도 철거되지 않은 채 살아남은 조선 중기 건물이었던 것.

반면 서장대는 허물어져 흔적만 남아 있었던 것을 일제 강점기 시절인 1934년, 진주의 부호이자 향토 사학자인 서상필 선생(1892~1955)이 진주의 자존감을 세우기 위해 사재를 털어 만들었다. 다만 서장대 역시 본래는 북장대와 유사한 규모였지만 일제의 감시와 압박으로 지금의 작은 형태로 지어졌다고 함. 그럼에도 불구하고 서상필 선생은 서장대를 만든다며 진주경찰서에 연행, 수감되어 조사를 받았다고 하니. 나라 잃은 슬픔이란 이런 것일까? 뿐만 아니라 서상필 선생은 일제 강점기 시절 문맹 퇴치를 위해 야학을 설립하여 운영했으며, 진주고, 진주여고 설립 때에는 발기인으로 큰돈을 기부하기도 한 인물이다. 앞으로 서장대를 올 때마다 많은 사람들이 잊지 말고 이분의 이름을 기억해주면 좋겠다.

이렇게 높은 서장대에 올라 주변 풍경을 내려다보니 임진왜란 시절 이곳을 공략하기 위해 가득 모인 일본군이 그려진다. 이제야 진주대첩의 과정을 눈앞에 보이듯 이야기할 때가 온 듯싶군.

이순신에 의해 해군의 서해 진출이 완전히 막힌 일본은 전라도 진출 진입로를 열기 위해 진주성을 적극 공격하기로 정한다. 지금도 진주가 경상도와 전라도를 이어주는 위치에 있는 것처럼 조선 시대에도 진주성은 전라도로 이동하는 길목으로서 중요한 장소였으니까.

이에 1592년 8월 중순부터 한양으로 진출한 병력

서장대. ⓒHwang Yoon

일부를 김해로 옮기고 약탈한 물자를 부산으로 이동시키는 등 만반의 준비를 한 일본군은 9월 24일 드디어 김해성을 출발하여 진주성으로 서서히 진격하였다. 이때 일본 병력은 2만 명 이상이었으니, 상당한 대군이었지.

  같은 시점 진주 주변의 조선군은 임진왜란 시작 후 형편없이 무너지던 상황을 점차 극복하고 있었으니, 바로 그 중심에 김시민이 있었다. 정3품인 진주목사가 전쟁 발발 후 지리산으로 도망갔다가 병사한 상황에서, 종5품인 진주판관으로 군사를 수습하며

©Park Jong-moo

북장대. 고종 시절인 1864년에 쓴 상량문이 발견되며 일제 강점기에도
철거되지 않고 살아남은 조선 중기 건물임이 알려졌다. 사진 게티이미지

활동 중이었거든. 이 과정에서 김시민은 진주 병력과 함께 5월에서 8월까지 진주성으로 접근하는 소수의 일본군을 여러 차례 격퇴하였으며 사천, 진해, 고성 등에 주둔하던 일본군을 되레 공격하는 등 수비와 공격을 왔다 갔다 하며 놀라운 활약을 벌였다. 덕분에 7월 진주목사로 승진하면서 지금으로 치면 진주 시장이 된다.

그러나 이번 진주성 공격에는 일본군 2만 명 이상이 동원된 만큼 매우 암울한 상황이었는데, 진주목사가 된 김시민은 공격을 대비하여 총통 70자루와 충분한 화약을 준비하는 등 진주성을 반드시 지키려는 의지를 보였다. 문제는 진주성을 지키는 병력이 3800여 명에 불과했다는 사실. 물론 여성, 아이, 노인 등 민간인 수만 명이 함께하였기에 이들 중 일부가 도움을 줄 수 있었다. 예를 들면 여자들에게 남자 옷을 입히고 성 위에 두어 마치 병력이 많이 있는 것처럼 하는 방식이 그것.

또한 성 밖에는 관군과 의병들이 동원되어 진주성을 지원하였다. 일본군이 예상하지 못한 곳을 소수의 결사대로 기습하거나 야간에는 진주 주변의 산봉우리에서 횃불을 올리고 고함을 지르며 휴식을 취할 수 없게 했으니까. 이때 진주성을 지원한 이들 중에는 그 유명한 곽재우(郭再祐, 1552~1617)도 있었다.

붉은 옷을 입고 의병을 이끌어 홍의장군(紅衣將軍)라 불리던 그는 진주 주변인 의령의 누대에 걸쳐 알아주던 부호 집안 출신으로 일본군이 부산으로 온 것을 들은 직후인 4월 22일부터 자신의 재산을 털어 의병을 모아 저항을 시작했거든. 그렇게 여러 공을 세우던 중 진주성으로 대군이 온다는 것을 듣자 지원에 나서 산에서 횃불을 올리고 나팔을 불며 구원병이 곧 온다고 외치는 등 남다른 심리전을 보여 승리에 큰 도움을 준다. 이렇게 진주성 밖에서 호응하던 병력 숫자는 약 4000명에 이르렀다. 덕분에 일본군은 2만 명이 넘는 숫자의 이점에도 불구하고 장기적인 공세를 펼치기는 쉽지 않다 여겼으니, 곽재우의 지원은 진주성을 지킨 또 다른 힘이 된 것이다.

전투는 다음과 같이 이루어졌다.

10월 5일

일본군 기병 1000여 명이 진주성 동쪽에 등장하였다. 본격적인 공격에 나서기 전 진주성 전반의 형태와 분위기를 살펴보기 위해 보낸 선봉이었던 것. 이에 진주성에서는 큰 깃발을 올리고 부녀자까지 남장하여 배치시킴으로써 숫자의 열세를 딛고 당당함으로 맞섰다. 이후 척후병을 보내 일본군이 진주성 10리 지점에 주둔한 것을 확인한다.

10월 6일

진주성으로 다가온 일본 조총병이 성을 향해 총을 발사하면서 전투가 시작되었다. 일시에 큰 소리를 치고 여러 깃발을 올리며 공격을 시작한 일본군은 주변의 집 문을 뜯어 성 100보 지점에 방패로 세우고 그 뒤에서 조총을 밤새도록 발사하였다. 이에 조선군도 밤새도록 대응하였고 성 바깥에 위치한 의병들은 뒷산으로 올라 호각을 불고 햇불을 들며 언제든 진주성을 지원할 모습을 보이며 일본군을 지치도록 만든다.

10월 7일

진주성 주변 민가를 모두 소각한 일본군은 하루 종일 조총과 활로 성을 공격하였다. 그리곤 잡아온 조선 아이들을 시켜 밤새도록 "한양이 이미 함락되었고 8도도 무너졌는데, 새장 같은 진주성에서 어찌 버티겠는가? 항복해라." 라 외치도록 했다.

그러자 김시민은 악공을 불러 거문고를 타고 퉁소를 불도록 하여 진주성이 여전히 여유가 있음을 보여주었다.

10월 8일

대나무 사다리를 성벽에 기대며 공격을 시작한

일본군은 이외에도 바퀴를 단 높은 나무 구조물을 성 주변으로 옮겨 성을 아래로 보고 조총과 화살을 쏘았다. 이에 김시민은 소형 화포인 현자총통을 발사하여 구조물을 파괴하도록 하고 큰 돌과 뜨거운 물을 부어 적들이 성으로 올라오지 못하게 막았다. 더 나아가 성 곳곳에는 적을 속이기 위해 활을 당겨 쏘는 모습을 지닌 허수아비를 배치하여 공격을 분산시켰다.

밤이 되어 진주성 외각에 위치한 조선 병사들이 남강 건너편에서 호각을 불고 횃불을 켜자 성내에서도 호응하며 뜨거운 반응을 보였다. 그러자 일본군 진영에 소동이 일어나며 강변으로 병력을 보내는 등 난리가 났다. 조선군이 호응하여 야습을 감행하는 것으로 알았기 때문.

10월 9일

진주성 주변에서 호응하는 조선군을 공략하기 위해 2000명의 일본군이 본대에서 빠져 움직였으나 격퇴당한다. 오히려 조선 구원군이 일본군 측면을 공격하는 등 진주성뿐만 아니라 주변 전장에서도 일본군은 큰 압박을 받는다.

한편 흙으로 토성을 쌓아 성보다 위에서 조총과 화살로 공격하려던 일본군의 계획도 김시민이 현자총통으로 세 번이나 토성 위의 일본군 진지를 파괴하니 무산되었다. 이에 일본군은 후퇴하는 척 군사를 돌렸는데, 저녁에 진주에서 납치된 한 아이가 운 좋게 도망쳐 진주성으로 왔다. 이에 적의 상황을 물으니 "내일 새벽에 성을 공격할 것입니다."라 하는 것이 아닌가? 일본군은 거짓 퇴각으로 성을 안심시킨 뒤 조용한 새벽부터 다시 공격하고자 한 것이다.

10월 10일

막사에 불을 지르며 퇴각하는 척하던 일본군이 아이의 말대로 새벽부터 1만여 명이 동원되어 다시 공격을 시도하였다. 이때 진주성의 약점인 동문을 향해 대군이 밀려들어 왔으니, 진짜 마지막 결전이었다.

일본군은 긴 사다리를 성에 기댔는데, 밤이라 잘 안 보이는 만큼 인형을 만들어 사다리에 두어 조선군을 속인 채 뒤에 있던 진짜 병력이 성 위로 올라왔다. 또한 조총과 화살이 비 오듯 쏟아졌으며 군사들이 외치는 소리가 우뢰처럼 울렸다. 이에 동문에서 조선군들은 사력을 다해 막으며 결사 항전을 했다.

이런 상황에서 갑자기 북문을 향해 일본군 공격이 들어왔다. 동문을 공격하는 척하면서 실제로는 북문을 뚫으려는 계획이었던 것. 생각지 못한 공격에 조선군 수비가 잠시 무너졌지만 진주성의 장교들

이광악 초상화. 독립기념관.

이 사력을 다해 지휘하며 겨우 수습하게 된다. 오죽하
면 노약자들까지 동원되어 돌과 불을 던지는 바람에
성 안에 기와, 돌, 초가지붕이 거의 다 사라졌을 정도.

그렇게 치열한 전투를 치르며 날이 밝았는데, 일
본군 총탄이 김시민의 이마를 맞췄다. 그렇게 쓰러
진 김시민은 며칠 동안 치료를 받다 결국 39세의 나

이로 숨을 거둔다. 그러자 곤양군수 이광악(李光岳, 1557~1608)이 갑자기 쓰러진 진주목사 김시민을 대신하여 지휘를 맡았다. 당시 이광악은 활을 무척 잘 쏘는 것으로 유명했는데, 이때 병사들을 지휘하던 적장을 쏘아 죽이는 등 분투를 한다. 참고로 이광악은 김시민의 무과 시험 동기였으니, 1584년에 별시로 202명의 무관을 뽑을 때 김시민은 을과 3위, 이광악은 을과 16위였다는 사실. 진주성 전투 이후에도 크고 작은 전투에 적극적으로 참가한 그는 대중적으로 잘 알려지지 않은 또 다른 전쟁 영웅이라 하겠다.

이렇게 새벽부터 8시간에 걸친 공격을 했음에도 진주성이 버티자 일본군은 지금 시간으로 오전 11시쯤 되어 결국 전투를 멈췄다. 진주성의 화포와 활, 돌, 뜨거운 물 공격으로 피해가 막심했던 모양. 다만 조선군이 정확한 사상자 숫자를 파악하지 못하도록 시신을 불로 소각하였으며, 포로 및 소와 말은 버린 채 퇴각하였다. 당연히 조선군 역시 적은 군사로 대치하는 과정 중 김시민이 쓰러지는 등 큰 피해를 얻었기에 대규모 추격전은 꿈꾸지 못했다.

결과적으로 김시민은 전사하였지만 전쟁은 승리한 것이니, 이것이 바로 임진왜란의 흐름을 바꾼 진주대첩이다.

2
국립진주박물관

김중업과 김수근

서장대 구경을 끝내고 국립진주박물관을 향해 내려왔다. 국립진주박물관 앞 공터에는 수많은 사람들이 모여 성 내 분위기를 즐기고 있네. 잠시 근처 벤치에 앉아 휴식을 취해본다. 나이가 들어서인지 요즘은 중간중간 쉬며 에너지를 충전해야 다시 움직일 수 있거든. 세월의 야속함. 이처럼 나는 매년 나이를 먹고 있건만 진주성 안에 위치한 국립진주박물관은 오래 전부터 봐왔음에도 별 다른 변화가 느껴지지 않는군. 역시나 잘 만들어진 건축물은 나이를 잘 안 먹는 모양이다.

한편 공군으로 군대를 다녀온 관계로 공군 훈련소가 있는 진주는 나와 남다른 인연이 있다. 훈련소 입소 전날 진주를 방문한 나는 별로 할 일이 없어 진주성과 국립진주박물관을 돌아다닌 경험이 있었거든. 그것이 내 인생 국립진주박물관 첫 방문이다. 이후로도 진주에 올 때면 100% 반드시 방문하는 장소가 되었는데, 어느 날 국립진주박물관의 설계를 김수근이 맡았음을 알게 되면서 점차 그에 대한 관심

국립진주박물관. 김수근 건축. ©Park Jongmoo

이 생겨났지.

　20세기 대한민국 현대 건축을 대표하는 건축가 김수근(1931~1986)은 일본에서 현대 건축을 배워 국내에 다양한 건축 디자인을 선보인 인물이다. 이 중 현재 아라리오뮤지엄으로 운영 중인 공간사옥이 가장 유명하며, 이외에도 서울종합운동장, 국립청주박물관, 한국기독교장로회 경동교회, 대학로를 상징하는 아르코예술극장, 국내 최초의 주상 복합인 세운상가 등이 그의 디자인으로 잘 알려져 있다.

　특히 불모지에서 성장시킨 한국 현대 건축에 대

한 기여와 더불어 그의 수많은 제자들이 건축계에 남다른 영향력을 보인 관계로 그동안 매우 높은 평가를 받아왔다. 하지만 요즘 들어 김수근에 대한 비판이 점차 증가하고 있는데, 특히 남산 안기부 건물이나 남영동 대공분실을 디자인하는 등 독재 권력에 영합한 삶이 그것. 이 중 남영동 대공분실의 경우 민주 운동가 탄압에 필요한 디자인을 적극 도입했으니, 고문실로 끌고 가는 과정에서 방향 감각을 잃도록 만드는 원형계단 및 효율적으로 물고문이 가능한 시설, 그리고 절망을 얻도록 밖과 단절시키되 고문 소리가 새어나가지 않게 세밀하게 구성된 고문실 등이 그것이다.

이에 남영동 대공분실을 방문한 사람들이라면 누구든 김수근이 과연 어떤 사상을 지닌 인물일까 의문을 얻곤 한다. 참고로 남영동 대공분실은 고문 기술자 이근안이 활동하던 장소이자 박종철 열사가 고문을 받다 죽음에 이른 장소다. 즉 철저한 계산 아래 생지옥을 설계한 인물이기도 했던 것이다.

이렇게 김수근에 대해 조금 실망할 때쯤 나는 김중업을 알게 되었다. 2014년, 내가 사는 안양시에 대한민국 현대 건축을 대표하는 또 다른 건축가 김중업을 위한 박물관이 개관되었거든. 과거 그가 설계했던 유유산업 안양공장을 리모델링하여 전시관으

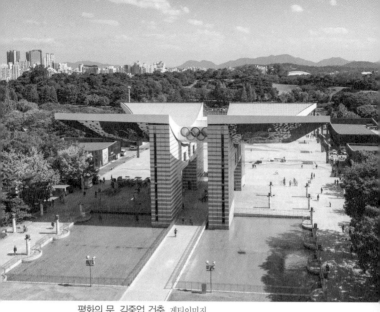

평화의 문. 김중업 건축. 게티이미지

로 꾸몄다고 하더군. 그렇게 안양유원지에 위치한
김중업건축박물관을 여러 번 방문하면서 그의 삶에
대한 이해와 더불어 여러 유명한 건축물을 디자인한
것을 알 수 있었다.

무엇보다 김중업(1922~1988)은 프랑스에서 현대
건축을 대표하는 세계적 거장 르 코르뷔지에
(1887~1965)로부터 배운 경력을 바탕으로 국내에서
활동한 것으로 유명하다. 르 코르뷔지에는 20세기
건축에 있어 가장 큰 영향을 미친 인물로 평가되니,
당시 한국인 중 이처럼 직접 세계적 거장으로부터

지도를 받은 것은 매우 희귀한 모습이었다고 하는
군. 이때만 해도 대부분 일본에서 배워온 것을 응용
하던 시대였기 때문이다.

그가 디자인한 건축물로는 주한프랑스대사관이
가장 유명하며, 부산대학교 인문관, 한때 국내 최고
층 빌딩이었던 삼일빌딩, 잠실 올림픽공원을 상징하
는 평화의 문, 산 모양을 형상화한 설악파크호텔, 인
사동 맞은편에 위치한 안국빌딩 등이 대표작이다.

김중업은 남겨진 건축물뿐만 아니라 그의 삶도
매우 흥미롭다. 독재 정권을 비판하여 블랙리스트에
올라 결국 해외로 추방되더니, 프랑스에서 거주하는
동안 표적 수사로 국내 자산이 대거 매각되어 기반
을 잃는 등 엄청난 고초를 겪었거든. 하지만 프랑스
에서 르 코르뷔지에 재단 이사로 지내며 버티다 미
국으로 가서는 로드아일랜드 디자인 스쿨과 하버드
대학교에서 초빙교수로 활동하는 등 오히려 해외에
서 인정하는 인물이 될 수 있었다. 이에 요즘 들어 그
의 인생이 다시금 부각되면서 2018년에는 국립현대
미술관 과천관에서 김중업 특별전시를 개최하기도
했으니, 정말 많은 사람이 방문했더군. 물론 나 역시
두 차례 방문하여 전시를 보았지.

흥미로운 점은 이곳 진주에 김중업이 디자인한
건축물이 있다는 사실. 1988년 개관한 경남문화예술

경남문화예술회관. 김중업 건축. ©Park Jongmoo

회관이 그것이다. 진주성을 흐르는 남강을 건너 조금만 동쪽으로 이동하면 만날 수 있는데, 기와지붕 아래 근사한 기둥을 지닌 멋진 건축물이니 해당 작품이 궁금한 분은 방문해보면 좋을 듯싶다.

　이처럼 진주에는 현대 한국 건축을 대표하는 김중업과 김수근의 건축물이 존재하고 있다. 현대 건축 디자인 흐름에 관심 있는 분들이라면 당연히 진주에서 재미있게 관람할 요소가 아닐까.

새를 쏘아 맞힐 수 있는 무기, 조총

드디어 국립진주박물관 전시실로 들어왔다. 이곳은 진주성의 명성에 걸맞게 임진왜란 전문 박물관으로 운영하고 있으며, 그런 만큼 당시 전쟁과 관련된 상세한 정보 및 유물을 직접 확인해볼 수 있다. 특히 대포, 조총, 창, 칼, 활, 갑옷 등의 유물이 있어 흥미로운걸. 조선 시대 무기들이 대거 전시 중인 사실상 무기 박물관 느낌이랄까? 그래서인지 어른뿐만 아니라 구경 온 아이들도 무기에서 눈을 못 떼는군. 오호. 내 눈도 반짝반짝 중.

아~ 마침 저기 조총이 보인다.

임진왜란 시기 일본군의 주력 무기였던 조총은 1543년 포르투갈 선원으로부터 전달받은 것을 시작으로 일본 전국 시대를 통해 널리 퍼지며 엄청난 위력을 보여주었지. 50~100m 거리 내에서 남다른 살상력을 보여준 나름 첨단 무기라 할까? 오죽하면 지금도 한국인에게 조총하면 가장 먼저 임진왜란부터 생각날 정도.

조총의 장점으로는

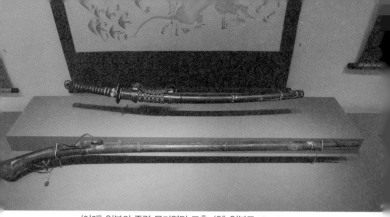

(아래) 일본의 주력 무기였던 조총. (위) 일본도. ©Park Jongmoo

1. 화약 무기였던 만큼 활보다 관통력이 뛰어나 기존의 갑옷과 방패를 가볍게 뚫었기에 임진왜란 초기 조선군에게 공포의 대상으로 인식되었다. 2. 또한 상당한 훈련이 있어야 명중률이 높아지는 활에 비해 조총은 불과 며칠만 훈련하면 누구든 사용할 수 있었기에 이 역시 장점이었다. 덕분에 "어린아이도 항우(項羽)를 대적할 수 있게 하는 것으로 참으로 천하에 편리한 무기다."라는 평이 있었을 정도.

그럼에도 전쟁이 일어나기 전만 하더라도 조선의 일부 지휘관은 조총을 대수롭지 않게 여겨 별 방어책이 없었기에 그 피해가 더욱 클 수밖에 없었으니.

"멀지 않아 변고가 생기면 공이 마땅히 그 일을 맡아야 할 텐데 공의 생각으로 적의 형세를 보아 그 방비가 충분한 것 같소?"

내 물음에 신립은 간단하게 대답했다.

"그건 걱정할 필요가 없습니다."

내가 말했다.

"그렇지 않소. 예전에는 왜적이 창, 칼만 믿고 있었지만 지금은 조총이 있으니 가볍게 생각할 일이 아니오."

신립은 말했다.

"비록 조총이 있으나 어찌 쏠 때마다 사람을 맞히겠습니까?"

《징비록》 류성룡

이는 1592년 4월 1일의 대화다. 이처럼 당대 조선 최고의 명장으로 평가받던 신립은 좌의정 류성룡과 대화 중 조총을 대수롭지 않게 여긴 것이다. 그러나 임진왜란이 4월 13일 시작되고 얼마 뒤인 4월 28일, 충주 탄금대에서 조총을 중심으로 한 일본군에게 신립이 이끈 조선군은 기병으로 돌진하다 처참하게 무너졌다.

코라이(조선) 군사들은 반월진으로 포진해서 수가 적은 일본군을 한가운데로 몰아넣을 계획이었다. 차츰 가까이 다가오자 고니시는 신호를 하였고, 모든 병사들이 그들의 깃발을 올리면서 공중에 흔

북관유적도첩(北關遺蹟圖帖) 중 일전해위도(一箭解圍圖). 신립이 화살 한 발로 함경도를 침범한 여진족 적장을 맞추며 승리한 내용을 그린 작품. 고려대학교박물관.

들어 대었다. 일본군들은 특히 상대방이 취하고 있는 반월진의 양쪽 끝부분을 향해 동시에 헤아릴 수 없을 정도로 조총을 쏘아대면서 맹공격을 하였다. 더 이상 견딜 수 없게 된 코라이 병사들은 약간 후퇴를 했다가 더욱 강력하게 두 번이나 공격을 해왔지만 일본군은 조총을 들고서 미늘창과 도끼로 무장한 상대방을 여유 있게 압도했으며, 적들은 도망치기 시작했다. 적진 뒤로는 배를 타고 건너야 할 만큼 수량이 많은 강물이 흐르고 있어 수많은 사람이 물에 빠져 익사하고 일본군의 손에 죽기도 하였는데 그 숫자가 가히 8000명에 달하였다.

《선교사들의 이야기》 루이스 데 구스만 1601년

결국 신립은 기병 돌진 작전이 실패하자 적에게 포위되었다. 그리고 활을 쏘며 중과부적으로 전투를 치르다 남한강에 빠져 죽는 자결을 택하고 만다. 이는 조선군이 지닌 기존의 전투 방식으로는 조총을 이겨내기 힘듦을 의미했다.

이처럼 조총을 무시하는 태도를 보이다 비극적인 죽음을 택한 신립(申砬, 1546~1592)은 1567년 식년시 무과 시험에서 불과 22살의 나이로 병과 14위, 전체 22위로 합격한 무장이다. 그렇게 관직 생활을 하다 1583년 벌어진 니탕개의 난, 즉 함경도에서 벌어진 여진족의 침입을 막아낼 때 어마어마한 공을 세웠다. 여진족의 대공세에 조선군이 방어하기 힘든 상황에서 활을 쏘아 가볍게 적장을 사살하고 기병을 이끌며 수없이 많은 여진족을 죽이는 등 남다른 괴력을 보였거든. 심지어 훈련된 500명의 기병으로 무려 1만 명의 여진족을 격파한 적도 있었으니까. 나중에는 전장에 신립이 등장하면 여진족이 허둥지둥 도망쳤을 정도였다. 그 결과 여진족의 난을 막아낸 국가적 영웅으로 칭송되었지.

하지만 항우처럼 무공이 남다른 신립이 조총에 의해 그토록 허무하게 무너졌으니, 조선 정부로서는 조총의 위력을 제대로 실감한 셈이다. 단순한 무기가 아니라 전쟁의 흐름을 바꾸는 무기가 분명했다. 이에 1593년부터 동맹국인 명나라와 투항한 일본인을 적극 포섭하여 조총을 생산하고자 했으며, 왜란이 한창일 때는 무과 시험에도 조총 사격술을 시험 과목으로 넣어버릴 정도였다. 시험의 민족답게 시험 과목이 된 조총은 당연히 더욱 큰 관심을 받았겠지.

남병(南兵)의 포수가 조선의 포수만 못합니다. 본토(本土; 조선)의 포수를 한쪽에 모두 붙이면 적들을 많이 사살하니 참으로 가상한 일입니다만 수가 적은 것이 한스럽습니다. 지금부터는 수를 넉넉히

하여 가르쳤으면 합니다.

《조선왕조실록》 선조31년(1598) 2월 11일

이는 명나라 마귀 제독과 선조의 대화 중 마귀가 언급한 내용이다. 이때 명나라에서는 일본 해적들과의 전투에서 남다른 실력을 발휘했던 절강 지역의 남병(南兵)을 조선에 파견하였거든. 이들 남병은 조총과 대포 그리고 근접전 무기를 무장으로 한 보병 군단이었으니, 임진왜란을 거치며 조선군에 큰 영향을 미친다. 헌데 비록 숫자가 적지만 조선군의 조총 실력이 남병보다 위라며 명나라 제독이 칭찬한 것. 이렇듯 임진왜란 후반부에는 오히려 일본군을 상대로 조선군이 조총으로 공격하여 효과를 얻기도 했다.

왜노들이 믿는 것은 오직 조총(鳥銃)입니다. 그러나 세 발을 쏜 뒤에는 즉시 계속 쏘기 어렵고 그들의 군사가 비록 많기는 하나 굳센 자가 거의 없어 앞줄의 100~200명만 죽이면 나머지는 모두 바람결에 도망할 것이니, 이것은 모두 이길 만한 기회이며 바로 지사(志士)가 공을 세울 때입니다.

《조선왕조실록》 선조 26년(1593) 1월 7일

명나라 마귀 제독 초상화. 경상남도 문화재 자료 제419호, 마귀의 생존 당시 그려진 것은 아니며 조선으로 귀화한 마귀 후손들이 조상을 기리기 위해 후대에 그린 작품이다. 국립진주박물관. ⓒPark Jongmoo

이처럼 조총은 연사 속도가 매우 느리다는 점이 단점이었다. 당시 총은 지금과 달리 한 발을 쏘면 다시 한 발 장전하여 발사하는 형식이었기에 1분당 최대 2발이 최고 속도였거든. 반면 활은 숙련자의 경우 분당 8발까지 가능했지. 그래서 조총을 발사한 후 장전하는 사이에 공격이 들어오면 방어하기 쉽지 않았다.

결국 조총을 가진 일본군의 약점을 파악하면서 조선군은 어느 정도 거리에서 조총이 살상력을 보이는지, 연사 속도가 어느 정도인지 살펴보고 방비하는 전략을 선보이게 된다. 두려움의 대상에서 방어가 가능한 대상으로 바뀐 것. 덕분에 임진왜란 초기에 비해 조선군은 선전하기 시작했으며 그에 따라 승리 숫자도 점차 많아졌다.

여기까지 살펴보았듯 조총은 임진왜란 초기 조선군에게 엄청난 충격과 공포를 준 무기였다. 한양을 겨우 20일 만에 함락시킨 일본군의 연전연승 역시 조총이 있어 가능했던 것. 하지만 전쟁을 극복하려는 의지 덕분에 임진왜란 후반기가 되면 빠르게 조선군 역시 조총으로 무장하기에 이른다.

한편 임진왜란 초기, 비록 조총은 없었지만 조선에도 이를 대신할 화약 무기가 존재했으니.

조선의 무기, 총통

임진왜란 전까지 조선군의 주력 무기는 기병과 총통이었다. 이 중 기병은 말을 타는 부대이고, 총통은 화약 무기를 의미한다. 즉 기동력을 자랑하는 기병과 원거리 공격이 가능한 화약 무기를 조합하여 적을 제압하는 방법이 주요 전략이었던 것. 이는 당시 조선과 자주 전투를 하던 대상이 다름 아닌 북방의 여진족이었기 때문이다. 기병이 중심인 여진족인 만큼 주로 이들에 대적하는 맞춤 군단이 양성된 결과라 할까?

그런 만큼 조선 전성기인 성종 시기를 살펴보면 전국 목장에 말 4만 필을 키우고 있었으며, 화약고에는 화약을 제조하는 데 쓰이는 석류황 23만 근과 염초 4만 근을 비축하고 있었다. 당연히 이러한 조선군 시스템은 임진왜란 초반 조선군의 기본 전략으로 이어질 수밖에.

예를 들면 임진왜란 이전인 1583년 벌어진 니탕개의 난, 즉 함경도에서 벌어진 여진족의 침입 때에도 신립으로 대표되는 기병과 더불어 소형 화기인 승자총통 역시 큰 역할을 했거든. 참고로 승자총통은

남아있는 가장 오래된 승자총통. 국립진주박물관. ©Park Jongmoo

작은 탄환을 15개 정도 넣어 사정거리 300m 내로 발사하는 산탄형 무기로 1575년 이전쯤 완성된 조선의 화약 무기 중 하나다. 나름 혼자서도 사용할 수 있는 개인 화기라 할 수 있지. 조총이 조선군에 도입되기 전 김시민은 승자총통을 적절히 사용하여 일본군의 진주성 공격을 저지했으며, 이순신의 수군도 자주 사용한 무기였다.

조선 기병 또한 여진족 전투뿐만 아니라 임진왜란 이전 일본과의 전투인 1510년 삼포왜란, 1555년 을묘왜란에서 나름 큰 활약을 했었다. 그런 만큼 임진왜란 발생 초기, 조선 정부는 북방에서 마치 천하무적처럼 달리던 신립이 이끈 기병에 대한 기대가 무척 컸던 것. 무엇보다 단련된 조선 기병은 일본 기병에 비해 훨씬 우세했으니까. 하지만 신립이 이끈 조선 기병은 새로운 무기로 무장한 일본의 조총 부대에 의해 탄금대에서 무너지면서 큰 약점을 보였다. 이때 충격 때문인지 이 뒤로도 당연히 기병은 계속 사용되었지만, 조선군 내 주력 부대에서 점차 밀리기 시작했다. 개인 화기인 승자총통 역시 여러 면에서 훨씬 우수한 조총이 도입되며 점차 도태되고 말았지.

대신 보병이 중심인 일본군을 상대로 대포 형식의 대형 총통이 부각되기 시작했다. 마침 당시 조선에는 삼포왜란과 을묘왜란을 경험한 후 일본군에게 효과적인 무기인 중대형 대포를 미리 개량하여 발전시켜 두었거든. 다음과 같은 화약 무기가 준비되어 있었다.

1. 천자총통(天字銃筒)

조선 화포 중 가장 큰 것으로 화약 30량(약 1125g)을 사용하면 사정거리 500m 정도에 남다른 살상력을 보였다. 이때 커다란 둥근 탄환을 넣어 발사하는 것과 더불어 작은 탄환을 400개 정도 넣고 발사하는 산탄 등이 주요 공격 방식이었다. 뿐만 아니라 힘이 강한 만큼 길이 2m의 대장군전이라 부르던 지금 눈으로 보면 마치 미사일처럼 생긴 거대한 나무 화살도 발사할 수 있었는데, 이 경우 파괴력도 엄청나지만 사정거리가 1.4km에 이르는 어마어마한 무기가 되었다는군. 이를 이순신은 해전에서 적

(위) 천자총통 재현품. 진주성. (아래) 대장군전 복제품. 국립진주박물관. ©Park Jongmoo

선을 파괴하는 데 사용하였기도 했으니, 맞는 순간 배 벽이 종잇장처럼 구겨졌을 테다.

2. 지자총통(地字銃筒)
조선 화포 중 두 번째로 큰 것으로 사정거리는 천

지지총통 재현품. 진주성. ©Park Jongmoo

자총통보다 조금 떨어지지만 사용하는 화약의 양이 크게 줄어들어 20량(750g)이면 되었다. 역시나 큰 탄환을 넣거나 또는 작은 탄환 200개를 넣어 발사하는 방식으로 사용하였다.

3. 현자총통(玄字銃筒)

조선 화포 중 세 번째 크기를 지니며 임진왜란 시기 가장 많이 사용하였다. 그 이유는 4량(150g)의 화약만으로도 다양한 탄환을 사용할 수 있었기 때문. 예를 들면 가장 큰 화포인 천자총통을 한 번 쏠 화약이면, 현자총통의 경우 7~8번 정도 사용할 수 있었거든. 그만큼 효율적인 운영이 가능했다.

현자총통 재현품. 진주성. ©Park Jongmoo

4. 황자총통(黃字銃筒)

조선 화포 중 가장 작은 것으로 3량(112g)의 화약으로 발사가 가능했다. 이에 현자총통과 더불어 임진왜란 시기 많이 사용하는 화포로 자리매김한다.

이처럼 대포 형태의 화약 무기들은 초반의 불리한 전장을 역전시키는 데 큰 역할을 하였다. 예를 들면 진주대첩에서는 현자총통을 발사하여 승리할 수 있었고, 이순신의 해전 역시 여러 종류의 총통을 시기와 장소에 맞추어 사용하며 일본 군선을 파괴하였다. 무엇보다 화포의 경우 조총에 비해 사정거리는 긴 대신 명중률이 떨어졌지만 비교적 느리게 움직이는 밀집된 보병과 수군을 상대로는 효과적이었기에

황자총통(가운데 작은 것). 바로 왼쪽에 있는 것이 천자총통, 맨왼쪽에 있는 것이 현자총통이다. 국립진주박물관. ⓒPark Jongmoo

훌륭한 효과를 만들어낼 수 있었다. 일본군이 조선의 성이나 배를 공격하다 어마어마한 피해를 입은 것 역시 조선의 화약 무기가 만든 결과였던 것.

뿐만 아니라 조선은 임진왜란 중 명나라로부터 불랑기라는 화포도 적극 받아들였으니,

명나라군은 불랑기(佛狼器)·호준포(虎蹲砲)·멸로포(滅虜砲) 등의 기구를 사용하였습니다. 성에서 5리쯤 떨어진 곳에서 여러 포를 일시에 발사하니 소리가 하늘을 진동하는 것 같았는데 이윽고 불빛이 하늘에 치솟으며 모든 왜적들이 붉고 흰 깃발을 들고 나오다가 모두 쓰러졌습니다. 그러자 중국 병

(왼쪽) 불랑기. (오른쪽) 호준포. 국립진주박물관. ©Park Jongmoo

사들이 우르르 성으로 들어갔습니다.

《조선왕조실록》 선조 27년(1594) 3월 20일

이는 일본이 점령한 평양성을 명나라 군대가 화포를 쏘아 함락시키던 모습을 이덕형이 묘사한 것이다. 이 중 불랑기라는 화포는 포르투갈 사람들로부터 받아 1522년부터 제작한 것으로, 임진왜란 당시 명나라 군대가 주력으로 사용하던 화포였다. 특히 기존의 화포보다 크기는 작으나 성능이 우수했던 만큼 조선 역시 인상적으로 보았다.

거북선이 부족하면 밤낮으로 더 만들어 대포·불랑기(佛狼機)·화전(火箭) 등을 많이 싣고 바닷길

을 막아 끊는 계책을 하는 것이 곧 위급함을 구제하
는 가장 좋은 계책입니다.

《조선왕조실록》 선조 28년(1595) 10월 27일

덕분에 이미 임진왜란 이전인 16세기 중반부터
불랑기가 일부 도입되어 제작되고 있었으나, 임진왜
란을 겪으며 더욱 적극적으로 배치되었다. 위의 기
록처럼 거북선에도 불랑기를 싣도록 할 정도였지.
더 나아가 임진왜란이 마무리된 이후부터는 아예
훈련도감(訓鍊都監) 포수의 시험에 조총을 포함 불
랑기를 발사하는 것이 과목으로 함께 자리 잡는다.

바로 이런 화약 무기가 국립진주박물관에 전시
되어 있는 만큼 남다른 자부심을 가지고 구경해보
자. 그래. 결국 과거나 지금이나 뛰어난 무기가 미리
준비되어 있어야 비로소 전쟁에서 승리할 수 있는
것이다. 마침 지금도 진주 바로 옆 사천에는 첨단 무
기인 전투기를 생산하는 공장이 있지. KF-21, FA-50
등이 바로 그것. 평화로운 일상에도 누군가는 만약
을 대비하여 최첨단 무기를 준비하고 있다는 사실
에 조금 안도감이 드는구나. 아참. 또한 사천에는 항
공우주박물관이 있으니 혹시 현대 무기에 관심 있
는 분은 진주를 이어 사천 방문도 추천한다.

조선 시대 초상화

국립진주박물관을 쭉 돌다보니 무기 이외에도 유독 초상화가 많이 눈에 들어오네. 이 중 조선 인물임에도 현대 들어와 상상으로 그린 초상화는 제외하고 가능한 조선 시대에 그려진 초상화를 중심으로 살펴보고자 한다. 예를 들면 임진왜란 때 조선군 총사령관인 도체찰사로 활동한 이원익(1547~1634) 초상과 의병장으로 활동했던 권응수(1546~1608) 초상 등이 그것. 아무래도 조선 시대 인물상인 만큼 의미가 남다를 테니까.

이 중 이원익은 과거 시험 문과 출신으로 1569년 16명이 뽑힌 별시에서 병과 4위, 전체 8위로 합격한 인물이다. 그 뒤 여러 관직 생활을 하다 임진왜란 시기 정승이 되어 남다른 활약을 했다. 특히 1597년 2월 26일 삼도수군통제사인 이순신이 선조에 의해 파직되어 압송된 채 중죄인으로 신문받을 때 왕의 편을 든 대부분의 신하와 달리 이순신 편을 든 인물 중 한 명으로 유명하지. 이렇듯 명망이 남다른 이원익이 적극적으로 이순신을 옹호하자 선조 역시 이순신

이원익 초상화. 국립진주박물관. ©Park Jongmoo

을 살려둘 수밖에 없었다.

그런데 얼마 후 선조가 자신 있게 새로 뽑은 삼도수군통제사인 원균은 1597년 7월 16일 칠천량 해전에서 대부분의 조선 해군을 잃고 역사에서 사라지고 말았다. 상상하기 힘든 엄청난 패전이었지. 이에 다시 삼도수군통제사가 된 이순신은 1597년 9월 16일 명량에서 불과 13척으로 133척의 일본 해군을 이기는 놀라운 기적을 만들었으니, 만일 이원익의 이순신을 살리기 위한 노력이 없었더라면 존재하기 힘든 사건이었을지도 모르겠다. 남다른 명망 덕분에 생전 다섯 차례나 영의정에 오른 인물이자 이순신을 살릴 때 보면 알 수 있듯이 정의감이 투철한 청백리였던 그를 이번 기회에 기억하도록 하자.

다음으로 권응수는 과거 시험 무과 출신으로 1584년 202명이 뽑힌 별시 중 병과 105위, 전체 122위에 합격한 인물이다. 아참~ 이때 무과 동기로는 진주대첩에서 활약한 김시민, 이광악 등이 있군. 임진왜란이 시작될 때 그는 부산에서 수군 장교로서 경상좌수영에 속했으나, 주둔 병력이 일본군 공격에 별다른 대응을 못하고 붕괴되고 말았다. 이에 고향인 영천으로 돌아간 뒤 의병을 일으켰고, 주로 경상도 지역의 전투에 참가하며 수많은 공을 세운다. 그 과정에서 신분 역시 의병에서 당당한 관직을 지닌

권응수 초상화. 국립진주박물관.

무관으로 승격되었지.

그런 만큼 전쟁이 끝나자 전쟁 영웅으로 높은 대접을 받았으며 임진왜란 때 사용했던 장검을 비롯해 조선 왕 선조의 교지와 유서, 공신 책봉과 관련된 선무공신교서, 태평회맹도 병풍, 선무공신 영정, 일본군에게 뺏은 칼 등을 후손에게 당당히 남겼다. 이들 유물은 잘 보관되다 1980년 보물에 지정되었고, 현재는 권응수의 후손이 국립진주박물관에 위탁하여 전시하는 중.

음, 임진왜란 때 활약한 두 분의 초상을 살펴보니, 화면 왼편을 향하여 몸을 살짝 돌린 자세로 의자에 앉았으며, 몸은 머리부터 발까지 전체가 등장하도록 그려졌군. 당시 초상화를 그릴 때 엄격히 규정된 방식이었나보다.

이밖에 두 초상화의 공통점은 다음과 같다.

1. 머리에는 사모(紗帽)라 불리는 모자를 썼고, 2. 흑청색의 흑단령 관복을 입었으며, 3. 두 손은 소매 안으로 넣어 보이지 않고, 4. 신발은 아래 바닥은 하얗고 위는 검은 형태다. 5. 의자 팔걸이는 끝이 둥글게 말아진 형태인데, 6. 인물 오른편 허리에는 삐쭉하게 삼각형으로 올린 옷깃이 보인다. 이는 의자에 앉을 때 관복 옆 자락 부분을 정리하면서 나온 독특한 모습이라 하겠다.

(오른쪽) 권응수 장군이 일본군에게 빼앗은 칼. (왼쪽) 곽재우가 사용했던 칼. 국립진주박물관. ©Park Jongmoo

반면 차이점은 다음과 같다.

1. 아무래도 주인공이 다른 만큼 얼굴이 다르다. 뭐 당연히 그럴 수밖에 없으니 설명은 패스..

2. 흑단령 관복 가슴을 장식한 흉배의 경우 이원익은 공작 두 마리가, 권응수는 호랑이 한 마리가 그려져 있다. 이는 문관 정1품이었던 이원익과 무관 정

흑단령 관복 가슴을 장식한 흉배. (왼쪽) 이원익. (오른쪽) 권응수. 국립진주박물관. ©Park Jongmoo

2품이었던 권응수의 차이다. 실제로 조선 전기 기록에 따르면 문관 1품은 공작, 2품은 학, 3품은 하얀 꿩을, 무관 1·2품은 호랑이와 표범, 3품은 곰을 달도록 정하였기에 이와 연결되는 디자인인 듯하다.

3. 허리띠인 품대(品帶)의 경우 이원익은 서대, 권응수는 삽금대로 되어 있다. 이 역시 이원익은 정1품이었고 권응수는 정2품이었기 때문. 경국대전에 따르면 1품의 품대는 서대라 하여 물소 뿔로 장식했고, 정2품의 품대는 삽금대라 하여 금테 안으로 다양한 문양을 조각한 것을 장식했으니까. 이에 따라 이원익 허리띠는 물소 뿔을 자른 단면 덕분에 마치 보석 호박과 유사한 색을 보

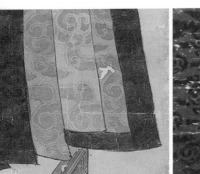

초상화 다리 부분. (왼쪽) 이원익. (오른쪽) 권응수. 국립진주박물관. ©
Park Jongmoo

이는 반면, 권응수는 금테 안에 세밀한 장식이 그려
져 있는 것이다.

참고로 종2품은 소금대라 부르며 문양이 없는 금
테두리에 가운데는 붉은 장식물이 붙어 있는 것을
사용했다. 정3품은 삽은대라 부르며 은테 안에 세밀
한 조각을, 종3품은 소은대라 부르며 문양이 없는 은
으로 장식했다. 그 뒤로는 그냥 검은 뿔로 장식. 이는
곧 조선 시대에는 관리의 허리띠만 보아도 대충 해
당 인물의 지위가 어느 정도인지 알 수 있었음을 의
미한다.

4. 다리 부분을 살펴보면 이원익의 경우 흑청색의
관복 안으로 초록색 옷이 보이고 그 안으로 푸른색
옷이 보인다. 즉 가장 먼저 푸른색의 옷을 입고 그 위

에 초록색 옷을 입은 뒤 흑청색의 흑단령 관복을 최종적으로 입은 것이다. 이 중 푸른색의 옷은 철릭이라 부르는 평상복이며 초록색은 답호라 하여 철릭 위에 덧입는 옷이었다.

반면 권응수의 경우 흑청색의 관복 안으로 붉은색 옷이 보이고 그 안으로 노란색 옷이 보인다. 그렇다면 권응수는 노란색의 철릭에 붉은 색의 답호를 입고 흑단령 관복을 최종적으로 입었음을 알 수 있다.

5. 한편 이원익 초상은 바닥에 별 다른 장식이 안 보이는 반면 권응수의 경우 채전(彩氈)이라 불리던 붉은색의 화려한 문양이 그려진 카펫을 깔아두었다. 이는 초상화가 그려진 시점의 차이가 만든 결과로 보인다.

임진왜란 시점인 조선 중기에는 초상화를 그릴 때 주인공을 화려한 색을 지닌 카펫, 즉 채전 위에 배치한 반면, 조선 후기에는 그보다 수수한 화문석 위에 배치했거든. 이에 채전이 아닌 화문석에 앉아 있는 이원익 초상은 조선 후기에 원본을 바탕으로 이모하면서 배경이 바뀌어 그려진 작품임을 알 수 있다. 실제로 이원익 후손이 세운 경기도 광명시에 위치한 충현박물관에는 채전 위에 앉아 있는 이원익 초상이 존재하거든.

여기까지 두 초상화를 비교하며 살펴보았다.

그렇다면 화문석 배경을 보아 조선 후기에 이모한 것으로 추정되는 이원익 초상화와 달리 권응수 초상화는 언제 그려진 것일까? 음, 학자들은 해당 초상 역시 임진왜란 직후 그려진 권응수 초상화를 바탕으로 원화와 비교적 가까운 시점에 이모된 것으로 보고 있다. 그 이유는 임진왜란 시점 회화에 비하여 옷 주름이나 표현에 음영이 보다 강하게 표현되었기 때문. 후대에 그림을 옮겨 그리면서 그 시대 유행하던 표현법이 알게 모르게 들어간 모양이다.

다만 화려한 카펫의 묘사 등 임진왜란 직후 그려진 회화를 가능한 그대로 옮겼기에 원본이 어떤 모습인지 어느 정도 그려볼 수 있겠군. 아무래도 현재 권응수 회화보다는 음영이 옅어 조금은 평면적인 표현을 지닌 그림이 아니었을까?

초상화가 그려진 이유

임진왜란 때 활약한 두 인물의 초상화를 감상하다보니, 왜 이들 초상화가 그려졌는지 궁금해지는 걸.

1592년에 시작된 전쟁은 원흉 도요토미 히데요시의 죽음과 함께 1598년 마무리되었다. 그렇게 7년 간의 전쟁이 끝난 후 어느 정도 전란 분위기가 마무리되자 1604년 10월 27일 밤 11시부터 28일 새벽 4시까지 현재의 청와대 자리에서 공신회맹제(公臣會盟祭)가 펼쳐졌다. 이는 임진왜란 때 큰 공을 세운 인물들을 나라를 위해 특별한 공을 세운 신하, 즉 공신으로 높이며 왕이 직접 이들을 초대하는 행사였다.

이때 행사에 참여할 공신은 이미 1604년 6월 25일에 각각 호성(扈聖), 선무(宣武), 청난(淸難)으로 나누어 정한 상황이었다. 이 중 호성공신은 임진왜란 때 한양을 버리고 도망하던 선조를 평안도 의주까지 모시는 데 공을 세운 인물에게 준다. 다음으로 선무공신은 임진왜란 때 일본군과 싸우거나 명나라와 외교에 있어 활약한 인물에게 준다. 청난공신은 임진왜란 때 부여에서 이몽학이 난을 일으키자 이를 제압한 이들에게 준다.

문제는 공신 숫자와 뽑는 기준에 형평성 문제가 있었다는 점. 도망가던 선조를 따라간 신하들 중 무려 86명에게 호성공신을 준 반면 임진왜란 때 실제 전투 임무를 수행하던 인물들 중에는 겨우 18명만 선무공신에 올렸거든. 그리고 이몽학의 난으로 공신이 된 인물은 5명이었다. 즉 임진왜란 때 전장에서 공을 세운 인물과 비교할 때 도망간 왕을 호송한 인물들과 지방에서 벌어진 일개 난을 제압한 인물에게 과하도록 많은 공신이 배분된 것이다.

사신은 논한다. 국가가 임진년의 왜변을 만나 종묘와 사직이 무너지고 임금은 피란했으며 왕릉이 화를 입었고 생명들이 큰 피해를 얻었으니, 말하기에도 참혹한 일이다. 다행히 황은(皇恩, 명나라 지원)이 멀리 미침을 힘입어 팔도(八道)가 다시 새로워졌으니, 임금의 도리에 있어 논공행상(論功行賞)을 하여 공로에 보답하는 특전을 그만둘 수는 없다. 그러나 호종한 신하를 80여 명이나 공신으로 올리고 그 가운데 내시가 24명이며 미천한 자들이 또 20여 명이나 되었으니, 어찌 외람한 일이 아니겠는가? 이몽학의 난은 주군(州郡)에서 불러 모은 도적떼에

지나지 않은 것이니, 그것을 토평한 것이 어찌 공이
될 수 있는 일이겠는가?

《조선왕조실록》 선조 37년(1604) 6월 25일

그 결과 당시에도 공신을 뽑은 기준에 대한 비판
이 상당했던 모양. 그렇다면 왜 이처럼 말이 많은 공
신 목록이 정해진 것일까?

사실 조선 왕 선조는 임진왜란 때 도망치는 데 급
급한 데다 자신의 잘못된 결정에 책임은 지지 않은
채 오히려 전장에서 큰 공을 세운 이순신, 세자 광해
군, 의병장 등을 크게 질투하였다. 그런 모습에서 당
연히 왕의 위신도 무너졌기에 신하와 백성들의 충성
역시 그리 높지 않았지. 이에 선조는 실추한 왕권을
강화하고자 원병을 보낸 명나라에게 승리한 공을 최
대한 돌리고, 전쟁터에서 초개처럼 목숨을 내놓고
싸웠던 조선 무장과 의병의 공은 최소화하고자 노력
했다.

그 연장선으로 한양을 버리고 도망가던 자신을
호종한 인물들을 집중적으로 부각시켰으니, 어차피
이들은 자신과 똑같이 도망친 원죄가 있었기에 그만
큼 믿을 만하다 여겼던 모양. 한편 1596년 이몽학은
난을 일으키며 자신이 여러 의병장과 교류하고 있다
고 거짓 소문을 퍼트렸는데, 선조는 해당 사건 이후

호성공신이 될 때인 58세 나이의 이원익 초상화. 충현박물관.

로 임진왜란 때 활약했던 의병장이 오히려 자신의 권력에 위해를 가할 존재가 될 수 있다고 의심하였다. 그런 만큼 이몽학의 난을 제압한 공신 배분 역시 사건 규모에 비해 일부러 많이 배당하여 남다른 의미를 부여하도록 한 것이다.

이런 음흉한 의도가 만든 결과물이 다름 아닌 이번 공신 목록이었다. 그러자 임진왜란 때 주로 영의정의 위치에서 전쟁 전반을 관리했던 류성룡은 공신회맹제(公臣會盟祭)에 참가하지 않는 방식으로 우회적으로 불만을 표했다. 또한 호성공신 1등에 봉해진 이항복 역시 한때 자신을 명단에서 빼달라 간청하였으니, 말이 공신이지 사실상 왕과 함께 도망친 신하 중 1등이라는 것이 후대에 좋은 평으로만 남을 일은 아닐 테니까.

어쨌든 임진왜란 후 선조의 뜻에 따라 공신들이 된 이들은 그 기념으로 초상화가 그려졌다. 그 결과 호성공신 2등인 이원익과 선무공신 2등인 권응수는 각각 공신이 된 모습으로 초상화가 그려졌으니, 조선 중기 형식을 띤 현재 남아 있는 초상화가 바로 그 흔적이다. 다만 국립진주박물관에 전시 중인 이원익 초상화는 호성공신이 될 때 58세의 나이였던 이원익의 모습이 아니며 그보다 20여 년 뒤 80에 가까운 나이의 이원익이라는 사실. 참고로 호성공신 당시 이원익의 모습은 앞서 소개한 광명에 위치한 충현박물관에서 볼 수 있음.

그렇게 1604년 공신이 되어 그려진 초상화는 후손들이 시간이 지나 그대로 모사해 보관한 것을 포함해 무려 20여 점 정도가 지금도 남아 있는 상황이다. 덕분에 현대 연구자들이 당시 시대의 복식과 초상화 기법 등을 상세히 연구할 수 있게 되었으니, 그나마 선조가 남긴 업적 중 하나가 아닐까 싶군.

한편 이순신과 남다른 사이로 잘 알려진 류성룡은 공신 뽑는 기준에 대한 불만으로 행사마저 참가하지 않았기에 공신으로서 초상화마저 남기지 않았으나, 대신 벼슬에서 물러나 징비록(懲毖錄)이라는 책을 집필하였다. 임진왜란 때 여러 고급 정보를 직접 확인할 수 있는 신분이었던 만큼 전쟁이 일어난 상황과 과정을 자세히 기록으로 남겨 후대에 이런 일이 반복되지 않기를 바란 것이다. 하지만 류성룡의 뜻과 달리 선조의 엉터리 공신 목록은 위기 때 국가를 위해 봉사해도 그에 걸맞는 대우를 받을 수 없다는 인식을 널리 퍼트린 듯하다.

불과 30여 년이 지나 북방의 여진족이 모여 나라를 구성하면서 병자호란이라 부르는 전란이 다시금 불어닥쳤다. 그러자 조선은 임진왜란과 비교하여 더욱 한심한 결과를 보여주었지. 무관들과 의병들의 대응조차 임진왜란에 비해 약해지며 맥없이 무너지고 말았으니까. 삼전도 굴욕으로 대표되는 한반도 역사에 길이 남는 패전이 바로 그것. 아무래도 임진왜란 때 앞서 싸운 자에 대하여 나라에서 제대로 대접하지 않음을 경험했던 만큼, 무관이나 의병들이 적극적으로 움직이지 않았던 모양이다.

이처럼 병자호란까지 다 알고 있는 상태에서 바라보니, 선조가 얼마나 근시안적인 관점으로 공신을 뽑았는지 생각하면 할수록 어이없고 황당하게 다가오는군.

여기까지 살펴보았듯 임진왜란을 충실히 대비하지 못하여 큰 전란에 휩싸였지만 조선 전기 동안 구축한 엘리트 무인을 뽑는 제도와 화약 무기 및 명나라와 외교 등 기본 바탕이 있어 임진왜란은 결국 승리할 수 있었다. 하지만 그 뒤에도 여전히 소홀한 대비로 인해 병자호란에서 그토록 무시하던 여진족에게 부끄러울 정도로 무능한 패배를 당하고 만다. 그결과 나름 주변 종족보다 강한 힘을 보이던 조선 전기와 달리 여진족의 청나라, 일본의 도쿠가와 막부 등 주변에 비해 경쟁력이 크게 뒤진 채 조선 후기를 맞이하고 말았지.

암만 생각해도 임진왜란 직후 조선이 망하고 새로운 나라가 세워졌어야 했음. 쯧.

3
통영에서 생각난 무인들

진주성을 나가며

오랜 시간 찬찬히 국립진주박물관을 구경했다. 이제 보관함에 둔 짐을 챙긴 후 동쪽으로 이동한다. 서서히 날이 어두워지면서 더욱 많은 사람들이 모여드는 진주성. 아까 밖에서 만난 수많은 등은 어느덧 알록달록 빛나고 있다. 축제의 하이라이트가 본격적으로 시작되는 모양. 이처럼 등에 빛이 나면서 유등축제는 낮 동안 준비해둔 모습을 비상하듯 화려하게 보여준다.

축제를 즐기는 사람들과 강을 따라 배치된 화려한 등을 한동안 감상한 뒤 인파를 뚫고 진주성을 빠져나갔다. 음, 진주성 밖으로 나와 걷다보니 저 강가 아래에 푸드 트럭이 여럿 보이는군. 수년 전 뉴욕 여행 때, 푸드 트럭이 여기저기 길가마다 참 많았는데 말이지. 우리나라는 축제 때나 볼 수 있는 이벤트일 듯싶군. 잠시 유등축제가 한창인 강가로 내려가 긴 줄을 기다리며 불고기핫도그를 하나 주문했다. 사람으로 가득한 만큼 주문이 밀려서인지 핫도그가 나오는 시간이 좀 걸리네.

진주 유등축제에 물에 떠있는 용(위)과 봉황(아래). ⓒPark Jongmoo

"음 맛있다. 냠냠."

줄 서며 기다린 시간에 비해 배가 고팠는지 받자마자 눈 깜짝할 사이 사라져버린 핫도그. 이럴 줄 알았으면 두 개 시킬 걸 그랬나? 저 긴 줄을 한 번 더 기다릴 자신이 없어 빠르게 포기하고 대신 가방 안에 넣어둔 토마토주스나 꺼내 마시자. 개인적으로 토마토를 마시면 에너지가 충전되는 묘한 느낌이 들어서 좋거든. 마치 깨끗한 피를 수혈받는 기분이랄까. 다음 목표인 진주시외버스터미널로 걸어가자. 이번 여행은 진주성을 구경한 후 통영으로 가는 것이 원래목표다. 그 이유는 통영에 가서 이야기해야지~

터미널 안에서 잠시 기다리다 통영 가는 버스를 탔다. 약 1시간을 달리면 도착할 예정이라 통영에 도착하면 저녁 8시 30분 정도 될 듯. 그리고 이번 여행은 나답지 않게 숙박에 돈을 좀 썼는데, 4성급 호텔로서 통영 최고로 손꼽히는 스탠포드호텔에서 조식을 포함하여 2박하기로 결심했기 때문이다. 하하. 그이유 역시 통영에서 이야기할 예정. 이번 여행은 내기준에서 나름 럭셔리 여행이로구나.

그럼 버스를 타고 가는 동안 눈 감고 자야겠다. 진주성 안에서 많이 걸어다녀서 그런지 눈이 절로 감기네.

스탠포드호텔의 아침

드디어 아침이 밝았다. 새벽부터 일어나 밖을 보고 있었는데, 바다와 섬을 배경으로 서서히 해가 뜨는 모습이 참으로 장관이로구나. 스탠포드호텔은 창이 동쪽 바다를 향해 나있어 해 뜨는 광경을 제대로 감상할 수 있거든. 마침 방마다 테라스가 있어 창밖으로 나가 자연을 바라보는 맛도 일품이지. 바다 바로 옆이라 그런지 밖은 바람이 좀 강하지만 어쨌든 아름다운 경험이다. 해가 뜨기 전부터 배가 생각보다 많이 다니는 것도 인상적.

어제 진주에서 출발하여 통영종합버스터미널에 도착한 후 택시를 타고 이곳까지 왔다. 호텔 로비에 들어서는 순간 위용에 감탄했는데, 내부 시설은 더욱 만족스럽다. 호텔 방에 들어와서는 터미널 근처 '한일김밥'에서 사온 충무김밥을 먹은 후, 호텔 지하 1층에 위치한 사우나에 몸을 담그니 마치 극락에 온 느낌이 들더군. 특히 해수 사우나라 물이 참 좋더라. 피부가 미끈미끈. 그렇게 사우나를 끝낸 후 방에 들어와 자고 일어나니 아주 개운하군. 역시 비싸지만

호텔 숙소에서 바라본 한산도 일출. ©Hwang yoon

임진왜란 3대 대첩 중 하나인 한산도 대첩이 벌어진 바다. 바다 뒤에
펼쳐진 섬의 이름은 한산도다. ©Hwang yoon

시설이 우수하니 '호텔, 호텔' 하는 거구나. 앞으로 돈에 여유가 생기면 이번처럼 호텔에서 자는 여행도 종종 해보고 싶네.

그렇다면 과연 평소 나답지 않게 이런 호텔에 머문 이유가 무엇일까?

물론 이렇게 시설 좋은 장소에서 자보고 싶은 맘도 일부 있었지만, 진짜 이유는 스탠포드호텔 창밖에 보이는 저 바다와 섬이 역사적으로 매우 의미 있는 장소이기 때문이다. 다름 아닌 임진왜란 3대 대첩 중 하나인 한산도대첩이 바로 저 바다에서 벌어진 전투였거든. 저 바다 뒤에 펼쳐진 섬의 이름이 바로 한산도다. 그래. 사실 난 스탠포드호텔에 머물며 한산도대첩이 벌어진 장소를 감상하는 중이었지. 이렇듯 이곳에서 역사적인 장소를 긴 시간 동안 찬찬히 볼 생각이었기에 호텔 값이 아깝지 않았던 것이다. 마치 조선 수군과 긴 시간 함께 호흡한 기분이랄까.

이렇게 오늘 통영의 아침을 맞이할 때부터 이미 난 이순신을 만날 준비가 끝난 것 같다. 이제 조금 이따 호텔 조식을 맛보고 배를 타보려 한다. 이번은 럭셔리 여행이 콘셉트인 만큼 배를 하나 빌렸거든. 하하하.

무과 시험

1층에서 뷔페로 된 조식을 맛있게 먹고 방으로 올라와 '판의 미로'라는 영화를 감상한 뒤 슬슬 밖으로 나갈 준비를 했다. 이곳 뷔페 역시 꽤 맛있는 데다 음식 종류가 많아 좋았음. 골라 먹는 재미가 쏠쏠. 오늘 보니 통영 최고 호텔이라 그런지 몰라도 식당이 사람들로 가득 찼는데, 외국인이 무척 많아 놀랐다. 식사 중 궁금하여 직원에게 슬쩍 물어보니, 국제 대회가 있어 외국인이 많이 투숙했다고 하더군. 다만 영어로 된 어려운 대회 이름이라 듣고 금세 잊어버리고 말았음.

옷을 조금 따뜻하게 입고 출발. 오전 11시에 배를 타고 바다로 나갈 예정이라 추울 수 있으니 조심해야지. 아무래도 바람이 강할 테니까. 그렇게 1층으로 내려가 밖으로 나가려니 이제야 호텔 로비 입구 곳곳에 대회 명칭이 보인다. '월드 트리아애슬론컵 대회'라고 써있군. 무슨 뜻인지 스마트폰으로 급히 찾아보니 철인 3종 경기라 한다. 아하, 어쩐지 외국인 체격이 남다르다 했음. '수영 + 자전거 + 마라톤'으로 이어지는 어마어마한 경기를 하는 선수들이라 그렇구나.

자~ 언덕에 위치한 호텔인지라 이제부터 길을 따라 쭉 아래로 내려가면 된다. 걸어서 15분 정도 걸릴 듯. 목표 지점은 통영해양스포츠센터로 이곳에서 요트를 타고 바다로 갈 예정이다. 나 혼자 타는 거라 비용도 매우 비쌈. 무려 4성급 호텔 1박보다 비싸니까 말이지. 한편 계약하기 위해 전화할 때 선장님께 이순신의 한산도대첩 설명을 충실히 해주기를 부탁드렸다. 역사책을 쓰는 작가인데 현장 조사를 한다고 했거든. 그러자 OK하시더군. 기대됨.

그렇게 슬슬 언덕을 따라 내려가려는데, 로비 밖으로 일부 선수들이 차를 기다리는 모습이 보였다. 그 힘들다는 철인 3종 경기 운동 선수라 그런지 다들 다부져 보이는군. 나도 운동을 하면 저들처럼 달라질까? 등산은 가능한 매일 하지만. 음, 그런데 말이지. 갑자기 생각났다. 조선 시대 무과 시험 역시 지금의 철인 3종 경기 이상의 어려운 과정이 요구되었으니, 배를 타기로 한 통영해양스포츠센터로 걸어가며 그 이야기나 해볼까.

조선 시대에는 문과와 더불어 무과라는 시험이 존재했다. 이는 태종 2년(1402)부터 제도적으로 확립되어 고종 31년(1894)까지 지속되었지. 이 중 조선 전기의 무과 선발 과정은 다음과 같다.

1. 1차 시험 초시(初試)

1차 시험은 6가지 무예 시험만으로 선발하였으며, 전국에서 190명을 뽑았다. 이때 한양은 70명, 경상도 30명, 충청도 25명, 전라도 25명, 강원도 10명, 황해도 10명, 함경도 10명, 평안도 10명이 배정되었다는군. 나름 인구 비례에 맞춘 숫자라 함.

2. 2차 시험 복시(覆試)

2차 시험은 1차 합격자를 한양으로 불러 무예와 병서 및 유교 경전 강독 시험을 보았다. 이 중 무예 시험은 1차와 동일하며 내용은 다음과 같다.

목전(木箭) : 나무 끝을 뭉툭하게 만든 시험용 화살로 240보 거리, 즉 약 280m 거리의 목표물에다 활을 쏘는 시험이다.

철전(鐵箭) : 나무 끝에 철로 된 화살촉을 단 무거운 화살을 쏘는 시험이다. 이때 80보, 즉 100m 거리를 쏘되 이보다 더 멀리 갈수록 추가 점수를 주었다.

편전(片箭) : 소위 애기살이라 부르는 화살로 일반 화살의 절반 정도 길이라 통아(桶兒)라 불리는 나무 대롱에 넣어 쏜다. 화살이 가벼운 만큼 가속도가 붙어 더 멀리까지 더 빠르게 이동하면서도 높은 관통력을 보여주었기에 조선군에게는 마치 비밀 무기처럼 사용되었다.

기사(騎射) : 말을 타고 활을 쏘는 것으로 조선 기병의 주요 공격 방법이었기에 무척 중요한 시험 과목이었다.

기창(旗槍) : 말을 타면서 창을 쓰는 것을 시험 보는 것으로 이 역시 조선 기병의 공격 방식이기에 중요성을 지니고 있었다.

격구(擊毬) : 말을 탄 두 팀이 긴 막대기로 달걀 크기 정도의 공을 쳐 구문이라 부르는 골대에 넣거나, 또는 공을 차지한 이가 구문 사이를 말을 타고 통과하면 이기는 경기로 고려, 조선 전기에 아주 인기가 있었다. 매우 격렬한 경기라서 말도 잘 타고 막대기도 자유자재로 사용할 줄 알아야 했지. 이를 시험 과목으로 채택하면서 개인이 단독으로 다양한 무예 기술을 펼쳐 보이며 구문에 공을 넣는 모습까지 체크하도록 한다.

여기까지 무예 과목이고 병서 및 유교 강서는 다음과 같았다.

나라의 법인 《경국대전》은 필수, 《사서오경(四書五經)》 중 1책, 《무경칠서(武經七書; 손자, 오자, 사마법, 위료자, 이위공문대, 삼략, 육도)》 중 1책, 《통감(通鑑)》·《병요(兵要)》·《장감(將鑑)》·《박의(博

議)》·《무경(武經)》·《소학(小學)》 중 1책을 스스로
원하는 바에 따라 골라 시험을 보도록 했다. 문과보
다는 필기 시험 난이도가 낮았겠지만 당연히 쉽지
않은 내용이었다. 최소한 한자를 자유롭게 읽고 쓸
줄 알아야 했을 테니까.

이런 과정을 통해 전쟁 대비 등으로 대규모 장교
충원이 요구되는 시기가 아니라면 보통 28명이 2차
시험에 뽑혔다. 매우 적게 뽑는 만큼 난이도가 상당
했기에 만일 2차 합격까지 했다면 그는 동시대 한반
도 인물 중 문무를 겸비한 1% 안에 당당히 들었음을
의미했다. 남다른 자부심을 가질 만했지.

3. 3차 시험 전시(殿試)

2차에 합격한 28명 중 순위를 매기는 시험이다.
이렇게 순위가 매겨지면 갑, 을, 병으로 나누어 최종
결과가 발표되었다. 앞서 살펴본 이순신, 김시민, 이
광악, 권응수, 신립 등의 합격 등수가 바로 그것. 아
무래도 좋은 등수를 받는 것이 임관 때 유리했겠지
만 역사에 길이 남는 공을 세운 인물들을 살펴보면
반드시 시험 때 좋은 등수를 얻은 것은 아니더군. 이
는 현재 대한민국 사회도 마찬가지가 아닐까 싶다.
단순히 시험을 잘 보았다고 훌륭한 인생을 보여주는
것은 아니니까.

이렇게 3차에 걸쳐 합격한 무과 출신들은 뛰어난 체격과 체력, 그리고 다양한 무예를 능숙하게 할 수 있어 일반인이 볼 때 남다른 존재들처럼 다가왔을 것이다. 실제로 조선 팔도의 뛰어난 인재 중에서도 특별히 뽑힌 이들 무과 출신들이 여러 전장에서 보여준 모습은 상상 이상으로 엄청났으니, 가히 일당백의 전투력을 보여주곤 했었거든. 지금 눈으로 본다면 마치 올림픽 선수 출신과 일반인이 선수의 주종목을 두고 대결하는 것과 유사한 느낌이랄까?

그럼 무과 출신을 대표하는 인물로서 오늘은 임진왜란에서 남다른 분투를 보인 황진을 소개하고자 한다.

의리의 남자, 황진

황진(黃進, 1550~1593)은 1576년 별시 무과 시험 합격생 25명 중 병과 16위, 전체 19위로 합격하였다. 이때 나이 27살이었다. 그렇게 관직을 시작한 그는 역시나 여러 임진왜란 명장들처럼 북방 여진족 전투인 니탕개의 난에서 활약하였으니.

계미년(癸未年, 1583)에 함경도 서북쪽의 번호(蕃胡)의 전쟁에 참가하여 죽이거나 사로잡은 적이 매우 많았다. 그런데 친구 하나가 죄를 지어 군대에 편입되었는데, 공을 세워야만 죄를 면하고 돌아갈 수 있는 처지에 있자 공이 참획한 것을 모두 그에게 주기도 하였다.

《국조인물고》 황진

아무래도 황진은 남다른 의리를 지닌 인물이었나 보다. 당시에는 자신이 어떤 공을 세웠는지 알리기 위해 죽이거나 포로로 잡은 이의 숫자를 매겨 위에 보고했다. 그런데 자신의 공적을 과감히 포기하고 죄를 면하기 위해 실적이 필요하던 친구에게 모두 주는 의리를 보인 것. 즉 당장 자신의 공을 인정받아 승진하는 것보다 친구를 중요하게 여긴 모습이다.

> 그날 오전 8시경에 적선을 불태울 때, 원균과 남해현령 기효근 등이 뒤늦게 그곳에 와서는 물에 빠져 죽은 왜적들을 돌아다니며 찾아내어 건져서는 목을 베었는데, 그들이 벤 수급은 50여 개나 되었습니다.

'당포파왜병장'

황진과는 반대로 임진왜란 당시 원균은 이순신이 일본군과의 전투에 한창 집중할 때 전선에서 이탈하여 바다에 빠진 적의 목을 잘라 숫자를 채우는 것에 집중하였지. 하지만 선조를 위시한 중앙정부에서는 단순히 목의 숫자만 보고 원균을 남다른 용맹을 지닌 인물로 판단하는 오류를 범하고 만다. 참으로 아이러니.

니탕개의 난 이후 황진은 1590년 통신사를 호위하는 임무로 일본에 가게 되는데,

> 황진은 옛 재상 황희(黃喜)의 5대손으로서 용맹 건장하고 활을 잘 쏘았으며 엄중하고 충신하여 기

개와 절조가 남보다 뛰어났다. 통신사(通信使)를 따라 일본에 들어갔을 때 적의 상황을 볼 때 반드시 전쟁을 일으키리라 여기고 주머니의 돈을 털어 보검한 쌍을 사가지고 돌아와 말하기를, "머지않아 적이 올 텐데 이 칼을 써야 하겠다." 하였다. 동복현감(同福縣監)으로 있을 적에 집무를 끝내고나면 갑옷을 입고 말을 달리면서 혹은 뛰어넘기도 하고 위로 솟구치기도 하며 용맹을 익혔다.

《조선왕조 선조수정실록》 선조 26년(1593) 6월 1일

막상 일본에 가보니, 전쟁이 날 분위기가 분명해 보였다. 이에 전투에 쓸 일본도를 자신의 돈으로 사서 돌아왔다. 일본도로 일본군을 처단하겠다는 비범한 생각을 한 것. 그런 만큼 조선으로 돌아온 뒤에도 미리미리 기마 기술을 연마하며 만일을 대비한다. 역시나 황진의 예측대로 일본은 전쟁을 일으켰으니, 만일을 위해 대비한 만큼 여러 전장에 적극 참여하며 큰 공을 세웠다.

적이 낭떠러지를 타고 기어오르자 황진이 나무를 의지하여 총탄을 막으며 활을 쏘았는데 쏘는 대로 맞지 않는 것이 없었다. 종일토록 교전하여 적병을 대파하였는데, 시체가 쌓이고 피가 흘러 풀과 나

무까지 피비린내가 났다. 이날 황진이 탄환에 맞아 조금 사기가 저하되자 권율이 장사들을 독려하여 계속하게 하였기 때문에 이길 수 있었다. 왜적들이 조선의 3대 전투를 일컬을 때에 이치(梨峙)의 전투를 첫째로 쳤다.

《조선왕조 선조수정실록》 선조 25년(1592) 7월 1일

전라도 침입을 막기 위해 벌어진 이치전투 때 황진은 활을 쏠 때마다 적을 맞쳤으니, 이는 임진왜란 당시 무과 출신 무인들이 자주 선보이는 비범한 능력이기도 했다. 꾸준히 연마하던 활 쏘는 실력이 전쟁 때 남달리 발휘된 것. 또한 장교 신분임에도 몸을 사리지 않고 전투에 임하면서 조총을 맞기도 했으며, 이는 이순신 역시 전장에서 경험했던 일이기도 했다. 목숨을 걸고 앞장서 싸우다 생긴 영광의 상처였다.

절도사 선거이(宣居怡)를 따라 병력을 이끌고 북상하여 수원에 주둔하면서 척후로 전방에 나가 있던 중에 적을 만나 힘을 다해 싸우고나서 그 말을 빼앗아 타고 돌아오기도 하였다.

《국조인물고》 황진

더 나아가 전투 중에 적에게 포위되자 적들을 척살하고 오히려 말을 빼앗아 돌아오는 남다른 괴력을 보이기도 했다. 당시 조선 남성의 경우 평균 신장이 일본 남성보다 5cm 정도 컸다고 하는데, 황진은 이중 특별히 장대한 체격을 지녔다는 기록까지 남아있는 만큼 더욱 차이가 나지 않았을까? 그런 인물이 남다른 무력까지 보이니, 감히 적수가 없었던 것. 이처럼 조선 무인 한 명 한 명은 적에게는 여러 명이 동원되어도 죽이기 힘든 괴물 같은 존재였다.

　하지만 용맹이 남다르던 그도 수많은 대군과 싸우다 총탄에 쓰러지고 말았다.

　김시민에 의해 조선이 진주대첩에서 승리한 후 도요토미 히데요시의 명으로 또다시 진주성 전투가 벌어졌다. 이를 소위 '2차 진주성 전투'라 부르며 1593년 6월 21에서 29일까지 이어졌다. 해당 전투에서 일본은 반드시 승리하고자 이전의 5배 규모인 약 10만 명의 병력을 동원하였는데, 어마어마한 대병력인지라 상당수의 조선군이 전투 이전부터 겁을 먹고 진주성 구원을 포기하였다. 하지만 그런 상황에서도 의리의 사나이였던 황진은 약속을 지키고자 참전하였으니.

　당초에 공이 진주로 나아가려 할 때 의병장 곽재

우가 황진을 만류하며 말하기를, "진주는 외로운 성이니 지켜낼 수가 없다. 그리고 공은 충청도 절도사를 맡고있는 만큼, 진주를 지키다 죽는 것은 직분에 걸맞지 않는다."고 하였으나, 공은 말하기를, "이미 창의사(倡義使, 의병장 김천일)에게 승낙하였으니, 비록 죽는 한이 있어도 식언(食言)할 수는 없다."고 하였다. 이에 곽재우가 공의 뜻을 되돌릴 수 없다는 것을 알고는 마침내 술잔을 나누며 서로 작별하였는데, 뒤에 공이 죽었다는 소식을 듣고서는 애통해 하며 슬퍼해마지않았다. 아! 공과 같은 사람이야말로 정말 열장부(烈丈夫)라고 해야 할 것이다.

《국조인물고》황진

누가 보아도 쉽지 않은 상황이었으나 황진은 죽음을 각오하고 진주성에 들어가 적은 병력으로 분투하였다. 하지만 사실상 성내 리더 역할을 하던 그가 불의의 총탄에 의해 죽자 사기가 크게 떨어지더니, 진주성은 그 다음날 함락된다.

서쪽 성이 저절로 무너지자 황진은 옷과 전립(戰笠; 군인 모자)을 벗어버리고서 사졸에 앞장서 직접 돌을 져 나르며 불을 밝혀놓고 밤새워 일을 하는 한편, 지성으로 백성들의 마음을 열어 성 중의 남녀들도 이에 감격하여 힘을 다해 도왔으므로 하룻밤 사이에 성의 보수를 끝냈다. 이튿날 적이 물러가자 황진이 성 밑에 쌓인 시체를 굽어보며 '어젯밤의 싸움에서 죽은 적이 거의 천여 명에 이른다.' 고 하였는데, 그때 성 밑에 잠복하고 있던 적이 쏜 탄환이 이마에 명중되어 죽었다.

《조선왕조실록》 선조 26년(1593) 8월 4일

한편 황진과 함께 그의 친구인 김해부사 이종인(李宗仁, 1556~1593)도 진주성에 참가하여 활을 쏘아 적을 끊임없이 맞추는 등 남다른 혈투를 보이는 중이었다. 이종인은 1580년 44명이 합격한 무과 시험 별시에서 병과 25위 전체 33위에 합격한 무인으로 무과 출신인 두 사람은 이전부터 친구로 지내며 생사를 함께하기로 약속하였지. 그리고 의리로 뭉친 두 사람은 그 약속을 진주성 전투에서 그대로 지킨다.

황진이 죽자 이종인은 친구의 시신을 수습하여 진주성 안에 묻었다. 하지만 이종인도 곧 친구의 뒤를 따라간다. 다음날 일본군의 침입으로 성이 무너지자 끊임없이 들어오는 적을 칼을 뽑아 죽이며 버텼다. 하지만 병력의 차이로 점차 밀리며 남강에 이르자 좌우의 겨드랑이에 각각 적병 한 명씩을 끼고

"김해부사 이종인은 이 강물에 빠져 죽는다."라 크게 외치며 장렬한 자결을 택한다. 최후의 순간까지 단 한 명이라도 더 죽이려는 모습에 그의 남다른 의지를 읽어본다.

여기까지 보았듯 무과 시험 출신의 무인들은 무예에 있어 실력자 중 실력자를 골라 뽑았기에 출중한 실력을 지니고 있었다. 이러한 기본적 능력이 있었던 만큼 나라와 백성을 지키고자 하는 마음이 더해지는 순간 엄청난 시너지 효과가 만들어졌던 것이다. 올바른 마음가짐을 지닌 무인이 병력을 거느리면 그보다 몇 배의 병력을 지닌 적이라 해도 이기기 힘들었던 이유였다. 마치 양이 이끄는 사자 떼가 사자가 이끄는 양떼를 이길 수 없는 것과 마찬가지.

결국 황진과 이종인 등의 목숨을 건 남다른 분투는 비록 진주성이 함락되었어도 일본군이 더는 진격하지 못하게 만드는 결과를 만들었다. 도요토미 히데요시의 명령에 따라 무려 10만을 동원했음에도 진주성 함락에 너무나 많은 병력을 잃으면서, 일본군은 전라도를 향한 적극적 진격을 포기하고 말았으니까.

통영해양스포츠센터

걷다보니 어느새 통영해양스포츠센터에 도착하였군. 방파제 안으로 수많은 요트가 위치한 이곳에는 바다와 함께하는 다양한 연결 프로그램이 있다. 특히 통영해상택시라 하여 최고 속도 50노트를 자랑하는 쾌속선을 탈 수 있는 광고판이 여기저기 많이 보이는걸. 야간에는 통영 도시 풍경을 구경하고, 주간에는 이순신 한산대첩을 구경하는 방식인 듯함. 소문을 듣자하니, 통영에서 매우 인기있는 여행 상품이라 하더라.

이처럼 더 싼 가격에 통영해상택시로도 한산대첩을 구경할 수 있지만, 나는 특별히 나 홀로 요트 여행을 신청하기로 정했다. 아무래도 요트는 5~7노트의 속도인지라 과거 조선 시대 바다를 지키던 판옥선 느낌을 더욱 잘 느낄 수 있을 듯해서 말이지. 물론 통영에는 조선 시대 수군의 주력선인 판옥선, 돌격선인 거북선 등이 재현되어 물에 떠있지만 단순히 관상용일 뿐 안타깝게도 바다를 향해 움직이지는 못하거든. 참고로 조선 시대 판옥선 역시 속도는 3~5노트

통영해양스포츠센터. ⓒPark Jongmoo

정도로 추정하는 중. 요트와 얼추 비슷하지?

　뿐만 아니라 통영해상택시에서 여러 사람들과 함께하는 대신 각 지점마다 정해진 관광 멘트로 해당 지역을 살펴보기보다 아무래도 이번에는 처음인 만큼 궁금증이 생기면 그때마다 선장님께 이것저것 물어보는 방식을 택하고 싶었다. 궁금증이 많은 만큼 듣고 싶은 것도 이에 비례하여 많아서 말이지. 다음에는 통영해상택시를 타봐야지~

　약속 시간보다 일찍 도착해서 근처 편의점에 들려 사과 주스를 하나 샀다. 요즘 들어 갈수록 편의점에서 토마토 주스를 잘 안 파는 경향이 좀 있는 듯함. 그래서 대신 사과 주스를 종종 마시다보니, 점차 적응되더군. 역시 과일 주스가 최고야.

이때 전화가 와서 받아보니, 요트 선장님이다.

"안녕하세요. 오셨나요?"

"네네. 아직 11시가 안 되어 근처 편의점에 있었습니다."

"아. 그렇군요. 통영해양스포츠센터 근처의 팔각정에서 뵙겠습니다."

"네. 곧 가겠습니다."

오호. 선장님이 오셨나보군. 그럼 요트를 타러 가보자.

4
한산도대첩

요트를 타고 한산도 바다로

선장님을 만났다. 목소리에서 젊은 느낌이 있었는데, 역시나 젊은 나이에 체구까지 듬직하시군. 서로 반갑게 인사를 나눈 후 정박한 배로 이동했다.

"요트는 오늘 처음 타봅니다."

"아. 그러시군요. 전화로 한산도대첩 이야기를 듣고 싶다 하셔서 공부를 더 하고 나왔습니다."

"그렇군요. 많이 알려주세요."

배를 타며 이번에 타는 요트에 대해 잠시 이야기를 해보니, 일본에서 중고로 구입한 뒤 대마도를 거쳐 이곳까지 혼자 조종해 왔다고 한다. 겁이 많은 나는 설사 다시 태어나도 할 수 없는 일이기에 대단하다고 느꼈다. 이야기를 듣고 내가 놀란 모습을 하자, 선장님 왈 통영에 배를 둔 선장 중 지구 한 바퀴를 요트로 돈 분도 계신다고 하네. 와우.

한편 선장님의 이야기에 따르면 일본 경제가 잘나갈 때 요트를 구입한 사람들이 많았던 관계로 현재 괜찮은 가격의 중고 요트 역시 많다고 함. 그래서 국내에서 요트를 구입하는 사람들은 주로 일본에서

요트를 타고 바라본 한산도. ⓒHwaang Yoon

중고로 사오는 편이라 한다. 요트 생산지는 주로 북미와 유럽 등이며 일본도 소수 있으나 성능이 좀 떨어진다는군.

물론 한국에서도 근래 요트에 관심있는 사람들이 점차 많아지면서 중고뿐만 아니라 높은 가격의 최신형 요트를 유럽, 미국에서 구입하여 들어오기도 한다고. 그 과정에서 운영비가 만만치 않기에 동호회로 여러 사람이 모여 함께 분담하여 요트를 사용하기도 한다니, 흥미롭다. 예전에 승마도 동호회끼리 부담하여 말을 관리하면서 팀원이 각자 시간이 날 때마다 탄다고 들었는데, 유사한 시스템인가보다.

이야기꽃을 피우다보니, 배는 어느새 출발하여

항구를 떠났다. 방파제 안으로는 그나마 파도가 잔잔하더니, 방파제 밖으로 나가자 배가 조금 흔들흔들하는군. 물론 충분히 견딜 만한 움직임이다. 울렁울렁하는 느낌과 함께 잠시 겁이 났지만 곧 평정심을 찾았다.

"오늘 운 좋게도 날씨가 무척 좋습니다."

"아. 그렇군요. 이 정도 파도면 조선 시대의 배도 잘 다녔겠죠?"

선장님 말에 따르면 돛과 노의 힘으로 이동하던 조선 시대 배는 돛과 엔진으로 움직이는 지금보다 당연히 날씨에 따른 움직임의 제약이 더 많았을 것이라 한다. 그래서인지 몰라도 이순신이 임진왜란 때 쓴 난중일기에는 날씨 이야기가 유독 많이 등장한다.

예를 들어 1592년 임진왜란 발발 직후 모습을 살펴보면 다음과 같다.

> 4월 15일 (갑진) 맑다.
> 나라의 제사(成宗 恭惠王后 韓氏 祭日)임에도 공무를 보았다. 순찰사에게 보내는 답장과 별록을 써서 역졸을 시켜 달려 보냈다. 해질 무렵에 영남우수사(원균)의 통첩에, "왜선 아흔여 척이 와서 부산 앞 절영도에 정박했다."고 한다. 이와 동시에 또 수사

(경상좌수사 박홍)의 공문이 왔다. "왜적 350여 척이 이미 부산포 건너편에 이미 도착했다."고 한다. 그래서 즉시 장계를 올리고 겸하여 순찰사(이광)·병마사(최원)·우수사(이억기)에게도 공문을 보냈다. 영남관찰사(김수)의 공문도 왔는데, 역시 같은 내용이다.

4월 16일 (을사)

밤 열 시쯤에 영남우수사(원균)의 공문이 왔다. "부산진이 이미 함락되었다."고 한다. 분하고 원통함을 이길 수가 없다. 즉시로 장계를 올리고, 또 삼도에 공문을 보냈다.

4월 17일 (병오) 흐리고 비 오더니 저녁 나절에 맑았다.

영남우병마사(김성일)에게서 공문이 왔다. "왜적이 부산을 함락시킨 뒤에 그대로 머물면서 물러가지 않는다."고 한다. 저녁 나절에 활 다섯 순을 쏘았다. 번을 그대로 서는 수군(仍番=上番)과 번을 새로 드는 수군(奔番=下番)이 잇달아 방비처로 왔다.

4월 18일 (정미) 아침에 흐렸다.

이른 아침에 동헌에 나가 공무를 봤다. 순찰사

(이광)의 공문이 왔다. "발포권관은 이미 파직되었으니, 대리를 정하여 보내라." 고 하였다. 그래서 군관 나대용을 이날로 바로 정하여 보냈다. 낮 두 시쯤에 영남우수사(원균)의 공문이 왔다. "동래도 함락되고, 양산(조영규)·울산(이언함) 두 군수도 조방장으로서 성으로 들어갔다가 모두 패했다."고 한다. 이건 정말로 통분하여 말을 할 수가 없다. 병마사(이각)와 수사(박홍)들이 군사를 이끌고 동래 뒤쪽까지이르렀다가 그만 즉시 회군했다고 하니 더욱 가슴아프다. 저녁에 순천의 군사를 거느리고 온 병방이 석보창(여천군 쌍봉면 봉계리 석창)에 머물러 있으면서 군사들을 거느리고 오지 않았다. 그래서 잡아가두었다.

4월 19일 (무신) 맑다.
아침에 해자 파는 일로 군관을 정해 보내고, 일찍 아침밥을 먹은 뒤에 동문 위로 나가 해자 만드는 일을 몸소 독려했다. 오후에 상격대를 순시했다. 이날 입대하러 온 군사 700명을 만나보고 해자 만든 일을 점검했다.

이처럼 일기를 살펴보면 대부분 날씨를 우선 적은 뒤 그날 있었던 일을 기록해두었다. 이런 부분을 살펴보아도 이순신의 남다른 준비 자세가 엿보인다. 매일같이 날씨를 체크하며 선박이 움직일 수 있는 상황을 관리했다는 의미니까. 결국 활과 기마 등 개인적인 무력뿐만 아니라 날씨 등 주변 상황을 세밀하게 관리하는 능력까지 갖춰야 명장이 될 수 있는 것이다.

조선 수군은 날씨뿐 아니라 지형 등 주변 상황을 세밀히 파악하는 이순신의 탁월한 작전을 통해 육군과 달리 연전연승을 하며 남다른 공적을 보여주었다. 이렇게 한껏 높아진 분위기에서 드디어 한산도대첩이 벌어졌다. 도요토미 히데요시는 바다에서 계속 패전이 이어지자 일본 수군을 제대로 모아 조선 수군을 물리치도록 명령했거든.

그렇다면 슬쩍 궁금해지는군. 아무래도 한국에서 가장 유명한 일기인 난중일기에서는 한산도대첩을 어떻게 기록하고 있을까?

난중일기 속 한산도대첩

7월 초7일 (갑자)

샛바람이 세게 불어 항해하기 어려웠다. 고성 땅 당포에 이르자, 날이 저물어 나무하고 물 긷고 있을 때, 피란하여 산으로 올랐던 그 섬의 목동 김천손(金千孫)이 우리 함대를 바라보고는 급히 달려와서 말하였다. "적의 대·중·소선을 합하여 일흔여 척이 오늘 낮 두 시쯤 영등포 앞바다에서 거제와 고성의 경계인 견내량에 이르러 머무르고 있다."고 하므로 다시금 여러 장수들에게 단단히 타일러서 경계하도록 하였다.

7월 초8일 (을축)

이른 아침에 적선이 머물러 있는 곳(견내량)으로 항해했다. 한바다에 이르러 바라보니, 왜의 대선 한 척과 중선 한 척이 선봉으로 나와서 우리 함대를 몰래 보곤 도로 진치고 있는 곳으로 들어갔다. 그래서 뒤쫓아 들어가니, 대선 서른여섯 척과 중선 스물네 척, 소선 열세 척(모두 일흔세 척)이 대열을 벌려서 정박하고 있었다.

그런데 견내량의 지형이 매우 좁고, 또 암초가 많아서 판옥전선은 서로 부닥치게 될 것 같아서 싸움하기가 곤란했다. 그리고 왜적은 만약 형세가 불리하게 되면 기슭을 타고 뭍으로 올라갈 것이므로 한산도 바다 가운데로 유인하여 모조리 잡아버릴 계획을 세웠다.

한산도는 사방으로 헤엄쳐 나갈 길이 없고, 적이 비록 뭍으로 오르더라도 틀림없이 굶어 죽게 될 것이므로 먼저 판옥선 대여섯 척으로 먼저 나온 적을 뒤쫓아서 엄습할 기세를 보이게 하니, 적선들이 일시에 돛을 올려서 쫓아 나오므로 우리 배는 거짓으로 물러나면서 돌아 나오자, 왜적들도 따라 나왔다. 그때야 여러 장수들에게 명령하여 '학익진'을 펼쳐 일시에 진격하여 각각 지자, 현자, 승자 등의 총통들을 쏘아서 먼저 두세 척을 깨뜨리자, 여러 배의 왜적들은 사기가 꺾이어 물러나므로 여러 장수와 군사와 관리들이 승리한 기세로 흥분하며, 앞다투어 돌진하면서 화살과 화전을 잇달아 쏘아대니, 그 형세가 마치 바람 같고 우레 같아, 적의 배를 불태우고 적을 사살하기를 일시에 다 해치워버렸다.

순천부사 권준(權俊)이 제 몸을 잊고 돌진하여 먼저 왜의 층각대선 한 척을 처부수어 바다 가운데

통영

미륵산에서 바라본 견내량. 지형이 매우 좁고, 암초가 많아서 판옥전선
은 서로 부닥치게 될 것 같아서 싸움하기가 곤란했다. ⓒPark Jongmoo

견내량

거제도

한산도 앞바다. 지형이 매우 좁고 암초가 많은 견내량으로부터 왜의
배들을 한산도로 유인하였다. 한산도는 사방으로 헤엄쳐 나갈 길이
없으며 뭍에 오르더라도 무인도라서 살 수가 없다. ⓒPark Jongmoo

서 온전히 잡아 왜장을 비롯하여 머리 열 급을 베고 우리나라 남자 한 명을 산 채로 빼앗았다. 광양현감 어영담(魚泳潭)도 먼저 돌진하여 왜의 층각대선 한 척을 쳐부수어 바다 가운데서 온전히 잡아 왜장을 쏘아 맞혀서 내 배로 묶어 왔는데, 문초하기 전에 화살을 맞은 것이 중상이고 말이 통하지 않으므로 즉시 목을 베었으며, 다른 왜적을 비롯하여 머리 열두 급을 베고, 우리나라 사람 한 명을 산 채로 빼앗았다. 사도첨사 김완(金浣)은 왜 대선 한 척을 쳐부수어 바다 가운데서 온전히 잡아 왜장을 비롯하여 머리 열여섯 급을 베었고, 현양현감 배흥립(裵興立)이 왜 대선 한 척을 쳐부수어 바다 가운데서 온전히 잡아 머리 여덟 급을 베고 또 많이 익사시켰다. 방답첨사 이순신(李純信)은 왜 대선 한 척을 쳐부수어 바다 가운데서 온전히 잡아 머리 네 급을 베었는데 다만 사살하기에만 힘쓰고 머리를 베는 일에는 힘쓰지 않았을 뿐 아니라 또 두 척을 쫓아가서 쳐부수어 일시에 불태웠다. 좌돌격장 급제 이기남(李奇男)은 왜 대선 한 척을 쳐부수어 바다 가운데서 잡아 머리 일곱 급을 베었으며, 좌별도장 본영 군관 전 만호 윤사공(尹思恭)과 가안책(賈安策) 등은 층각선 두 척을 바다 가운데서 온전히 잡아 머리 여섯 급을 베었다. 낙안군수 신호(申浩)는 왜 대선 한 척을 쳐부수어 바다 가운데서 온전히 잡아 머리 일곱 급을 베었으며, 녹도만호 정운(鄭運)은 층각대선 두 척을 총통으로 뚫자 여러 전선이 협공하여 불태우고 머리 세 급을 베고 우리나라 사람 두 명을 산 채로 빼앗았다. 여도 권관 김인영(金仁英)은 왜 대선 한 척을 쳐부수어 바다 가운데서 온전히 잡아 머리 세 급을 베었고, 발포만호 황정록(黃廷祿)은 층각선 한 척을 쳐부수자 여러 전선이 협공하여 힘을 모아 불태우고 머리 두 급을 베었다. 우별도장 전 만호 송응민(宋應珉)은 머리 두 급을 베었고, 흥양통장 전 현감 최천보(崔天寶)는 머리 세 급을 베었고, 참퇴장 전 첨사 이응화(李應華)는 머리 한 급을 베었고, 우돌격장 급제 박이량(朴以良)은 머리 한 급을 베었고, 내가 타고 있는 배에서 머리 다섯 급을 베었고, 유군일령장 손윤문(孫允文)은 왜의 소선 두 척에 총을 쏘고 산 위에까지 추격하였으며, 오령장 전 봉사 최도전(崔道傳)은 우리나라 소년 세 명을 산 채로 빼앗았다. 그 나머지의 왜 대선 스무 척, 중선 열일곱 척, 소선 다섯 척 등은 좌도와 우도의 여러 장수들이 힘을 모아 부수고 불태우니 화살을 맞고 물에 빠져 죽은 자는 그 수를 헤아릴 수가 없었다.

그리고 왜놈 400여 명은 형세가 아주 불리하고 힘이 다 되었는지 스스로 도망가기 어려운 줄 알고,

한산도에서 배를 버리고 뭍으로 올라갔으며, 그 나머지 대선 한 척·중선 일곱 척·소선 여섯 척(모두 열네 척) 등은 접전할 때 뒤처져 있다가 멀리서 배를 불태우며 목 베어 죽이는 꼴을 바라보고는 노를 재촉하여 도망해버렸으나, 종일 접전한 탓으로 장수와 군사들이 노곤하고 날도 땅거미가 져 어둑어둑하므로 끝까지 추격할 수 없어서 견내량 내항에서 진을 치고 밤을 지냈다.

'견내량파왜병장(見乃梁破倭兵狀)' 이순신

이는 얼핏 일기처럼 보이나 사실 일기가 아닌 장계다. 여기서 '장계'란 이순신이 중앙 정부에 보고하기 위해 올린 문서를 의미. 마치 일기처럼 날짜 표기 후 그날 벌어진 사건을 기술하였으며 이 과정에서 이순신 휘하 여러 인물들이 세운 공도 세세하게 등장하고 있네. 이는 중앙 정부에 부하들의 공을 적극적으로 알려주기 위함이었지. 당연히 이런 보고서를 통해 중앙에서는 당시 상황 및 전투에서 공을 세운 인물의 정보 등을 파악할 수 있었다. 그런데 왜 나는 난중일기 속 한산도대첩이 아니라 장계 속 한산도대첩을 이야기하는 중일까?

사실 난중일기는 이순신이 정한 제목이 아니다. 1792년, 당시 조선 왕이었던 정조는 이순신을 영의

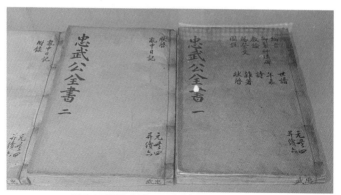

정조가 편찬한 《이충무공전서(李忠武公全書)》. 국립진주박물관. ©Park Jongmoo

정으로 추증하면서 이순신이 남긴 《임진일기》, 《병신일기》, 《정유일기》 등의 일기와 더불어 장계, 시 등 여러 글을 모아 책을 편찬하도록 하니, 1795년 《이충무공전서(李忠武公全書)》가 만들어졌다. 그러면서 당시 편찬자들은 전란 중 이순신이 쓴 일기를 모아 편의상 '난중일기'라 명했으니, 오늘날까지 유명세가 여전하다. 이는 곧 난중일기라는 명칭은 정조 시절부터 비로소 등장했음을 의미한다.

그런데 아무래도 전란 중인지라 바쁘거나 힘들 때는 종종 빠진 일기도 있었으니, 이 중 대표적인 사건이 다름 아닌 한산도대첩이었다. 그렇다. 이렇듯 한산도대첩은 난중일기에 존재하지 않는다는 사실. 대신 중앙 정부에 올린 보고서, 즉 이순신의 장계에 한산도대첩을 일기처럼 기록한 부분이 있다. 위의 내용이 그것으로 본래 장계 제목은 '견내량파왜병장(見乃梁破倭兵狀)'이며 '견내량의 일본 수군을 물리친 보고서'라는 뜻이다.

그래서인지 현대 들어와 수많은 출판사에서 나온 《난중일기》 중 일부는 비어있는 날짜에다 《이충무공전서》에 있는 이순신의 장계 부분을 가져와 보충하는 방식으로 출판이 이루어지기도 했다. 본래 '난중일기'에 포함된 내용은 아니지만 독자의 이해를 높이고자 편의상 장계 부분을 넣어 출판한 것. 이와 반대로 시중에 출판된 《난중일기》 중 빠진 날짜는 그대로 비워둔 채 원본 그대로 형식으로 나오는 경우가 더 많으니, 이 역시 출판사의 선택이라 생각함. 두 가지 버전 중 어떤 것을 읽을지는 독자의 판단이니까.

어쨌든 한산도의 승리는 남다른 의미가 있다.

우선 전략 면에서 볼 때 적을 원하는 장소로 끌어들여 포위 섬멸하는 상당한 수준의 전투 방식을 선보였다는 점. 이는 당시 조선 수군의 실전에 가까운 훈련이 기반이 되어 만든 결과였다. 마침 이순신은 1591년 정3품인 전라좌수사로 발탁된 후부터 약 1년간 전쟁 준비에 힘썼으니, 거북선을 포함한 여러 군선을 제작하고 총통과 활을 쏘는 등의 훈련이 꾸준히 이어졌거든.

4월 12일 (신축) 맑다.

　식사를 한 뒤에 배를 타고 거북함의 지자·현자 포를 쏘았다.

《난중일기》 이순신 임진년(1592) 4월 12일

　1592년 4월 13일 임진왜란이 시작되었는데, 바로 그 전날인 4월 12일, 마치 운명처럼 거북선을 점검하며 화포를 쏜 기록은 의미심장하군. 이와 같이 치밀한 준비를 하였기에 이순신은 임진왜란 때 그 어떤 조선의 무관들보다 뛰어난 성과를 보여줄 수 있었던 것이다.

　게다가 한산도대첩으로 인해 임진왜란의 큰 틀이 바뀌었다는 점. 어제 진주성에서 이야기했듯 일본군의 작전은 수군을 통해 북방으로 진격한 군대의 병참을 지원하겠다는 계획이었다. 이것이 한산도대첩을 통해 완벽히 무너지고 말았다. 그 결과 바다 건너 일본 본토에서의 지원이 어려워진 만큼 한반도 내 일본군의 전체적인 활력을 크게 축소시킨 것이 이번 전투 승리의 진정한 효과였거든.

　무엇보다 일본 수군은 7월 8일 한산도대첩에서 총 73척 중 무려 43척이 침몰되고 12척이 나포되는 최악의 피해를 입은 반면, 조선 수군은 58척의 군선 중 단 한 척도 잃지 않았으니 일본의 압도적 패배였지. 뒤이어 7월 10일 안골포 해전에서는 일본 군선 중 42척 가까이가 침몰당했다. 순식간에 100여 척이 눈 녹듯 사라졌다는 소식을 듣고 큰 충격을 받은 도요토미 히데요시는 아예 해전 금지령을 내렸으며 이후 일본 수군은 가능한 한 이순신의 조선 수군을 피해 다니게 된다.

그러자 조선 수군은 아예 적 본진을 향해 깊숙이 들어갔으니, 9월 1일 부산포 해전에서 일본 군선 128척을 침몰시킨 것이다. 이렇듯 놀라운 결과를 보여주는 전투가 계속 이어졌음에도 여전히 조선 수군은 단 한 척의 배도 잃지 않았다. 압도적인 승리의 연속이었던 것.

고니시 유키나가가 평양에 당도했을 때 우리 진영에 이런 글을 보내왔다. "우리 수군 10만 명이 곧 서해로 도착할 것입니다. 임금께서는 이제 어디로 가시렵니까?" 원래 적은 수군과 육군이 합세해 서쪽을 공략하려 하였던 것이다. 그런데 거제 싸움(한산도대첩)에서 패하면서 한 팔이 꺾였기 때문에 비록 고니시 유키나가가 평양성을 점령하였을지라도 군세가 외로워 더 이상 앞으로 나아가지 못하게 된 것이다. 결국 전라도와 충청도, 황해도와 평안도 연안까지 온전히 보존할 수 있었기에 군량을 조달하고

류성룡 《징비록》. 국립중앙박물관.

명령을 전달하여 중흥을 이룩하였다.

《징비록》 류성룡

그런 만큼 류성룡은 징비록을 통해 한산도대첩을
높게 평가했다. 지금뿐만 아니라 당대 사람들 역시
역사의 흐름을 바꾼 중요한 전투라 인식한 것이다.

여기까지 이순신 기록을 바탕으로 한산도대첩을
살펴보았다. 이제 바다에서 내가 직접 한산도대첩을
따라가볼 차례로군.

바다에서 바라본 전투

요트를 타고 먼 바다로 나아가자 시원함이 절로 느껴졌다. 흥미로운 점은 선박이 이동할 때마다 해당 배에서 만든 파도가 주변으로 넓게 퍼진다는 것. 내가 탄 요트도 영향을 받아 흔들흔들하는군. 그동안 큰 배만 타서 잘 몰랐는데, 작은 배는 자연 파도뿐만 아니라 주변 배가 만드는 인공적인 파도의 영향도 크게 받는 모양이다. 아마 조선의 판옥선, 거북선도 마찬가지였겠지?

"저기 다리가 보이시나요?"

선장님이 가리키는 북쪽 방향을 눈을 크게 뜨고 바라보자 저 멀리 다리가 보이네.

"저 다리가 거제대교인데, 다리가 연결된 저곳이 바로 견내량입니다."

아. 그러니까 저 안으로 일본 수군이 배치되어 있었구나. 이곳에서 바라보니, 통영과 거제도 사이가 얼마나 좁은 해역인지 한눈에 파악되는군. 하지만 여기서는 저 안쪽으로 숨어 있는 일본 수군의 전체적인 규모까지는 알아내기 쉽지 않을 것 같다.

견내량. 통영과 거제도 사이의 좁은 해역으로, 거제대교가 연결되어
있다. 위의 다리가 신거제대교, 아래에 보이는 다리가 거제대교다.
©Park Jongmoo

"그래서 당시에는 저기 높은 미륵산에서 적선의
규모를 파악했다고 합니다."

선장님 말에 따르면 미륵산에 오르면 이곳과 달
리 견내량 안쪽까지 훤하게 보인다고 한다. 당시에
는 거제대교도 없고 지금보다 매연이 적어 공기가
더욱 맑았기에 눈이 좋은 사람이면 배 숫자까지 세
는 것이 가능했다고.

실제로 이순신의 장계에 따르면

"고성 땅 당포에 이르자, 날이 저물어 나무하고
물 긷고 있을 때, 피란하여 산으로 올랐던 그 섬의 목
동 김천손(金千孫)이 우리 함대를 바라보고는 급히

미륵산. 스탠포드호텔 오른쪽으로 펼쳐져 있다. 꼭대기에서는 사방을
다 파악할 수 있다. ⓒPark Jongmoo

달려와서 말하였다. "적의 대·중·소선을 합하여
일흔여 척이 오늘 낮 두 시쯤 영등포 앞바다에서 거
제와 고성의 경계인 견내량에 이르러 머무르고 있
다."고 하므로 다시금 여러 장수들에게 단단히 타일
러서 경계하도록 하였다."

라고 기록되어 있다. 이때 김천손이 피란했던 산
이 통영의 미륵산이었던 것.

이처럼 적선의 70여 척 규모와 정확한 위치까지
알아낸 조선 수군은 좁은 견내량 안으로 들어가 전
투를 벌이는 것이 아닌 적을 넓은 바다로 끌고 와 단
번에 무너뜨리는 작전을 펼쳤다. 이를 위해서는 적

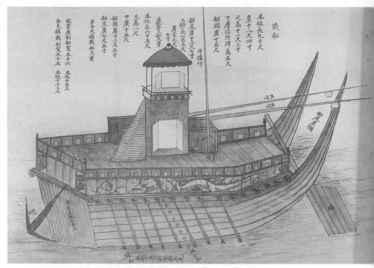

각선도본(各船圖本)에 등장하는 판옥선. 서울대학교 규장각.

을 유인해야 할 위험하면서도 막중한 임무를 지닌 팀이 필요했으니.

"판옥선 6척이 견내량 안으로 들어가 적들을 점차 유인하여 이곳 바다까지 끌고 나옵니다."

선장님 말대로 일본 수군은 유인책에 걸려 한산도 앞바다까지 나오는데, 이를 이순신은 그 유명한 학익진으로 포위하여 총통을 발사해 무너뜨렸다. 한편 한산도 앞 작은 쌍둥이 섬인 상죽도와 하죽도에는 조선 군선이 섬 안쪽에 숨어 있다가 학익진이 펼쳐질 때 비로소 등장하여 포위망을 함께 구성했다는 전설이 전해진다는군. 만약 해당 전설이 실제 역사라면 적에게 아군 숫자를 가능한 한 적게 보이도록

한산도 앞 작은 쌍둥이 섬인 상죽도(왼쪽)와 하죽도. ⓒHwang Yoon

하는 치밀한 작전을 펼친 것이다.

그렇게 이순신의 작전대로 일본 수군은 학익진에 포위되어 압도적인 화포의 힘에 큰 피해를 입었고, 살기 위해 두 가지 선택을 할 수밖에 없었다. 아직 포위망 안에 들어가지 않은 뒤에 위치한 배들은 빠르게 돌려 도망쳤고, 포위망에서 여차여차 탈출한 배들은 한산도 안으로 숨어 들어갔다.

"문제는 배를 타고 한산도 안으로 들어서면 섬을 통과하여 넓은 바다로 나갈 수 있을 듯 보이지만 실제로는 육지로 다 막혀있다는 점입니다."

한산도 안 제승당이 위치한 곳으로 요트가 이동하자 정말로 수로를 따라가다 보면 넓은 바다를 곧 만날 수 있을 것처럼 보인다. 지옥에서 빠져나와 살 수 있다는 희망이 느껴진다고 할까? 하지만 한산도 내 수로를 따라가보면 결국 막혀있는 곳에 다다르는 것이 아닌가? 겉보기와 달리 배를 타고 탈출이 불가능했던 것. 그래서 한산도 안으로 들어간 일본군은 결국 배를 버리고 도망칠 수밖에 없었다. 뿐만 아니라 당시 한산도는 무인도였기에 제대로 된 먹을 것도 없었다.

"제가 예전에 대마도를 지나가보니 여기 한산도처럼 섬 안으로 좁은 수로가 이어지고 있지만 잘 따라가면 섬을 통과하여 넓은 바다를 만날 수 있거든

요. 당시 조선에 쳐들어온 일본 수군은 대마도를 건
넌 경험이 다들 있을 테니, 당연히 한산도도 그러리
라 여겼던 것 같아요."

　이제 요트는 한산도 안으로 들어가 제승당 가까
이로 이동했다.

실전에 가까운 연습

요트는 점차 한산도 깊은 내부로 들어선다. 어느
덧 거북선 모양의 등대를 매우 가까이서 만났으며,
저 언덕 위로는 1979년에 세운 20m 높이의 한산도대
첩기념비가 당당하게 보이네. 나름 승리한 역사를
알려주는 이정표라 하겠다.

"저기 제승당이 보이네요."

선장님의 말대로 절벽 위의 기와 건물이 점차 크
게 다가오는군. 그래~ 이김에 제승당 역사를 살펴보
며 한산도대첩 이후 이순신의 이야기를 이어가자.

한산도대첩에서 큰 승리를 거둔 후 조선 정부에
서는 이순신에게 삼도수군통제사(三道水軍統制使)
라는 벼슬을 내렸다. 이는 전라도, 경상도, 충청도 총
3도 수군을 총괄 지휘하는 자리로서 기존에는 존재
하지 않았으나 1593년, 즉 임진왜란 중 만들어진 새
로운 관직이다. 이렇듯 사실상 이순신을 위해 만들
어진 관직으로 시작되어 1895년까지 약 300년 간 총
208명의 삼도수군통제사가 이 자리를 거쳤다. 이로
서 이순신은 제1대 삼도수군통제사가 되었으니, 지

한산도 안쪽 깊은 곳에 위치한 제승당. 수루가 보인다. ©Park Jongmoo

금 기준으로 본다면 별 4개의 해군참모총장을 능가
하는 높은 위치라 하겠다.

　　이순신을 삼도수군통제사(三道水軍統制使)에 겸
임시키고 본직(本職; 전라좌수사)은 그대로 두었다.
조정의 의논에서 삼도수사(三道水使; 경상우수사,
전라좌수사, 전라우수사)가 서로 전체를 도맡아 관
리할 수 없다고 하여 특별히 통제사를 두어 주관케
한 것이다. 원균은 군 선배로서 이순신의 밑에 있게
됨을 부끄럽게 여겨 틈이 벌어지기 시작했다.

　　이순신이 육지는 군사 물자를 모으기 곤란하다

는 점을 들어 체부(體府; 군사 행정을 맡는 관아)에 청하기를, "다만 일면의 바다 포구를 준다면 식량과 장비를 자족시킬 수 있게 하겠습니다." 하였는데, 이때에 와서 소금을 구워 판매하여 곡식 몇 만 석을 비축하였으며, 군대 주둔지와 여러 집물이 완비되었다. 백성을 모집하여 거주시키니, 하나의 거대한 군진이 되었다.

《조선왕조 선조수정실록》 선조 26년(1593) 8월 1일

한편 삼도수군통제사가 군대를 두고 지휘하는 장소를 소위 통제영(統制營)이라 부른다. 그런데 이순신이 삼도수군통제사가 되면서 전략적으로 중요하다고 여긴 한산도로 진을 옮겼기에 학계에서는 대체로 이곳 한산도를 통제영이 처음 세워진 장소로 보고 있다. 이 과정에서 한산도는 과거의 무인도가 아니라 번성한 군사 도시로 변모하였지.

이후 이순신은 한산도에서 3년 8개월 동안 머물면서 삼도수군통제사를 맡았는데, 이는 한산도대첩 이후인 1593년부터 시작하여 조선 왕인 선조의 의심과 신하들의 모함으로 관직을 박탈당하고 한양으로 압송된 1597년까지다. 하지만 그를 대신하여 2대 삼도수군통제사가 된 원균은 무능력의 극치를 보이다 이순신이 힘써 구축한 조선 수군을 칠천량해전에서

제승당 한산정. 활터로 숲 안쪽에 과녁이 보인다. ⓒHwang yoon

박살낸 채 역사에서 사라졌다. 그 과정에서 한산도의 통제영마저 파괴되고 말았다는군. 이순신이 있는 동안 무패를 자랑하던 조선 수군에게 닥친 참으로 황망한 사건이었다. 결국 조선 수군이 무적이 아니라 이순신이 지휘하는 수군이 무적이었던 것.

그렇게 시간이 흐르고 흘러 영조 시절인 1740년, 107대 삼도수군통제사 조경(趙儆)이 한산도의 옛터에 다시 건물을 짓고 제승당(制勝堂)이라 이름을 붙이면서 다시금 옛날의 영광을 알린다. 그리고 1976년 이순신에 대한 대대적인 성역 사업을 벌이면서 한산도에 새로운 건물이 지어져 현재의 모습을 보이는 중.

"저기 활을 쏜 과녁이 있는데 보이시나요?"

선장님이 잘 볼 수 있게 요트를 슬쩍 돌리며 가리키는 방향을 보니, 정말로 저 안쪽으로 깊숙이 자리잡은 화살 과녁이 보이네. 다름 아닌 제승당의 한산정에서 화살을 쏘아 저 과녁에 맞춘 것이다. 그런데 일반 활터와 달리 가운데에 바다가 들어오는 특이한 분위기군.

"그렇죠. 일부러 저런 장소를 활터로 정해서 마치 배에서 바다를 두고 적선에 화살을 쏘는 효과를 만든 것입니다."

아하. 그렇구나. 상시 연습하는 활터마저 가운데 바다가 있는 지역을 택하여 배에서 배를 공격하는 효과를 만들었네. 올림픽에서 남다른 명성을 지닌 대한민국 양궁이 실전에 가까운 연습으로 유명하다더니, 이런 연습은 과거 한산도에서 이미 이루어지고 있었다. 이를 미루어볼 때 실전에 기반을 둔 연습은 이순신이 연전연승하는 비법 중 하나인 것 같다.

뿐만 아니라 저 활터는 또 다른 의미가 있으니, 1594년 무과 과거 시험을 통해 무인 100명이 합격한 역사적인 장소이기도 했거든.

한산도에서 무과 시험을 치르다

삼가 품고하올 일을 아룁니다.

이달 12월 23일 도착한 순찰사 이정암의 공문 내용에, "이번에 도착한 무군사에 의하면 동궁(광해군)께서 전주로 내려와서 하삼도(충청 · 전라 · 경상도)의 무사들에게 과거 시험장을 열고 시험을 보아 인재를 뽑으려고 하는데, 규정은 일반적인 규정에 의한 초시 · 회시 · 전시 등 3차의 시험을 생략하고, 평안도의 예에 의하여 1차 시험을 보아서 인재를 뽑은 뒤 그대로 전시로써 시행하여 인재를 넉넉히 뽑으려고 한다. 시험일을 12월 27일로 예정하여 시험을 보려는 바, 아직 결정하지는 않았으나 기일이 박두했으니 인재를 넉넉히 뽑으려고 한다는 뜻을 급히 알려서 유능한 인재가 빠지는 일이 없도록 하라."는 공문이었습니다.

사변이 일어난 지 2년 동안 남도의 무사들이 오랫동안 진중에 있었지만, 그들을 위로하고 기쁘게 할 일이 없습니다. 이제 들으니 동궁께서 전주에 머무르시게 되어 온 백성들이 감동하지 않는 이가 없다고 하는데, 또 들으니 12월 27일 전주부에서 과거 시험 장을 개설하라고 명령하셨다 하므로 해상의 진중에 있는 사졸들이 모두들 즐거이 응시하고자 합니다.

그러나 물길이 요원하여 제 기한 내에 도착하지 못할 뿐 아니라, 적과 서로 대진해있는 때에 뜻밖의 환란이 없지 않을 것이므로 정군 용사들을 일시에 내어 보낼 수 없는 일입니다. 수군에 소속된 군사들만은 경상도의 예(권율이 경상도 합천에서 무과 시험을 주관한 예)에 의하여 진중에서 시험 보아 그들의 마음을 위로해주는 것이 좋을 듯합니다.

다만 규정 중에 있는 '말을 타고 달리면서 활 쏘는 것'은 먼 바다에 떨어져 있는 외딴 섬이라 말을 달릴 만한 땅이 없사오니, 말을 달리면서 활 쏘는 것은 편전을 쏘는 것으로써 재능을 시험 보면 좋을 것으로 생각합니다. 감히 품고하오니 조정에서 조처해주시기 바랍니다. 삼가 이 사연을 고하여 지시를 내리시기를 기다립니다.

'무과별시를 개설하는 장계' 이순신

위 이순신의 장계에 따르면 1593년 12월, 조선의 세자였던 광해군은 전주로 내려와 과거 시험을 주재하고 있었다. 그렇다면 왜 조선 왕이 아니라 세자인 광해군이 과거 시험을 주재하고 있는지 우선 살펴볼까?

꽤 유명한 사건이지만 광해군은 임진왜란이 시작되자 분조(分朝)라 하여 임시 조정을 이끈다. 이는 한양을 버리고 도망치던 선조가 자신을 대신하여 세자가 현 위기 상황을 수습하라며 만든 조직이었다. 이렇게 분조를 이끌며 일본군의 위협에도 전국 각지를 다니며 군과 백성을 격려하던 광해군을 명나라에서 무척 인상적으로 본 모양. 이에 조선 왕보다 세자의 능력을 높게 평가하면서 조선 정부에 세자를 위한 행정기관을 설치하도록 압박하였다.

이에 따라 분조를 대신하여 1593년 11월부터 무군사(撫軍司)가 설치되었고 이를 광해군이 이끌며 전주로 내려온 김에 왕을 대신하여 과거 시험을 개최했던 것. 갈수록 시험 공화국이 되고 있는 대한민국 이상으로 시험의 중요도가 남달랐던 조선인지라 문무과 시험은 전란 시기에도 멈출 수 없는 중요 행사였나보다.

그 결과 전주 과거 시험에서는 문신 9명과 무신 1600여 명이 뽑혔으며, 무군사의 명에 따라 경상도 합천에서도 도원수 권율의 관리하에 900명의 무신이 뽑혔다. 이를 미루어볼 때 1차적으로 임진왜란 때 활동한 여러 의병 및 군대 지원자를 관군으로 적극 편입시키는 용도로서 무과 시험을 연 듯싶다. 또한 무과 시험에 합격하면 양반 지위에 오를 수 있으니,

이는 다른 말로 신분 상승의 기회이기도 했다. 마침 3차에 걸친 복잡한 시험 제도를 1차로 줄이는 과정에서 글을 읽고 써야 하는 시험이 과감히 생략되었기에, 이전과 달리 문자에 약한 이도 무과 합격 가능성이 높아졌거든. 이는 곧 전쟁을 제대로 막지 못하여 정부의 신뢰가 무너지자 양반이 될 수 있는 기회를 여러 계층에게 대폭 열어 민심을 다독거리고자 했음을 알 수 있다.

그런데 해당 소식을 전달받은 이순신은 고민 끝에 조선 수군의 경우 한산도 내에서 무과 시험을 보게 해달라 건의한다. 소식을 들은 지 불과 4일 뒤가 시험이라 시험장이 있는 전주까지 가기에는 날짜가 너무 급박한 데다, 한산도가 일본 해군을 막고 있는 최전선인 만큼 실력 있는 용사들을 함부로 뺄 수 없었기 때문. 하지만 이런 이순신의 제안에 대해 무군사 내 반발이 있었으니.

순천에서 와서 보고하기를, 무군사(撫軍司)의 공문에 따른 순찰사의 공문에는 진중에서 시험을 보는 것이 어떠냐고 제의한 것은 아주 옳지 않으니, 그 허물을 캐물어야 한다고 했다. 참으로 우습다.

《난중일기》 갑오년(1594) 2월 4일

소식을 듣고 이순신은 무군사 반응을 보며 "참으로 우습다"라 비판하였다. 바로 앞에 적을 맞아 국경을 지키는 상황을 이해하지 못하고, 단순히 자신들의 권위에 도전했다고 여기는 모습에 대한 냉소적 반응이라 하겠다. 어쨌든 결과적으로 이순신의 제안은 받아들여졌다.

1594년 4월 6일, 한산도에서는 도원수 권율이 시험 관리를 위하여 파견한 문신 고상안과 더불어 삼도수군통제사 이순신과 전라우수사 이억기 등이 시험관이 된 채 무과 시험이 펼쳐졌다. 그런데 우연치 않게 이때 파견된 고상안(高尙顔, 1553~1623)은 다름 아닌 이순신의 과거 동기라는 사실. 1576년 과거 시험에서 이순신은 무과, 고상안은 문과로 각각 합격했으니까.

참고로 과거 시험 동기의 경우 소위 동방(同榜)이라 불렸는데, 이들은 합격 후 죽을 때까지 마치 형제처럼 친하게 지냈다. 오죽하면 "동방인은 비록 사소한 친분이나 안면이 없더라도 서로 친애하는 마음에 말을 세우고 해후할 때 저절로 자연스럽게 일어나게 하니 곧 인정인 것이다. 어찌 억지로 될 일인가"라 이야기할 정도.

물론 이때도 문과는 문과 동기끼리 무과는 무과 동기끼리 더욱 큰 친밀감을 가졌지만 때때로 동시에 치러진 문무과 동기가 함께 모여 잔치를 열기도 했다. 그 대표적 예로 보물에 지정된 희경루방회도(喜慶樓榜會圖)가 유명하지. 이는 1546년 과거 시험에 합격한 문무과 동기생 중 광주목사 최응룡(崔應龍), 전라도관찰사 강섬(姜暹), 전승문원부정자 임복(林復), 전라도병마우후 유극공(劉克恭), 낙안군수 남효용(南效容) 등 전라도 광주 인근에서 근무하거나 또는 이 지역에 연고가 있는 5명이 1567년 특별히 모여 광주 희경루에서 잔치 연 것을 그림으로 남긴 것이다.

이러한 조선 문화를 미루어볼 때 이순신 역시 자신의 과거 동기, 즉 동방인을 뜻하지 않게 만나 무척 기쁘지 않았을까? 덕분에 한산도에서 무과 시험을 실시하면서 이순신과 고상안은 13일 동안 같이 지냈으며 그 내용을 각각 자신의 기록으로 남긴다.

통제사는 과거 시험에 같은 해 합격한 이로, 며칠을 같이 지냈는데 그 말의 논리와 지혜로움은 과연 난리를 평정할 만한 재주였으나 얼굴이 풍만하지도 후덕하지도 못하고 상(相)도 입술이 뒤집혀서 마음속으로 여기기를 '복장(福將)은 아니구나.' 하였는데, 불행하게도 죄인으로 국청에서 신문을 받는 일이 있었고, 다시 쓰이기는 하였으나 겨우 1년이 지나서 유탄을 맞고 제명에 살다가 편안히 죽지 못하

희경루방회도(喜慶樓榜會圖), 동국대학교박물관.

였으니 한탄스러움을 어찌 금하랴?

그러나 죽던 날까지 군기를 기획하니 죽은 통제
사가 살아 있는 행장(行長; 고니시 유키나가)을 도망
치게 함으로써 다소나마 국치를 씻고 그 공적은 태

상(太常)에 명류(名流)로 만고에 기록되니 죽어서도 죽지 아니한 것이다. 어찌 원수사(원균), 이수사(이억기) 무리와 동일하게 놓고 이야기하겠는가?

《태촌선생문집(泰村先生文集)》고상안

고상안은 이처럼 과거 동기인 이순신과의 만남을 추억하며 안타까움을 표했다. 그러면서 자신의 동기에 대해 원균, 이억기 등과 비교할 수 없는 만고에 영원히 기록될 인물이라 평한다.

반면 이순신의 기록은 다음과 같다.

3월 30일 (무신) 맑다.
저녁 나절에 삼가현감 고상안(高尙顔)이 와서 봤다. 저녁에야 숙소로 내려왔다.

4월 초2일 (경술) 맑다.
아침밥을 먹은 뒤에 활터 정자로 올라갔다. 삼가현감(고상안)과 충청수사와 같이 종일 이야기했다.

4월 초4일 (임자) 흐렸다가 어둘 녘에 비가 왔다.
식사를 한 뒤에 삼가현감(고상안)이 왔다. 저녁 나절에 활터 정자로 올라가니 장흥부사가 술과 음식을 가지고 와서 종일 오손도손 이야기하였다.

4월 초6일 (갑인) 맑다.

별시(別試, 무과 시험)를 보는 시험 장소를 개설
하였다. 시험관은 나와 우수사(이억기)·충청수사
(구사직)요, 참시관(시험 감독관)으로 장흥부사(황
세득)·고성현령(조응도)·삼가현감(고상안)·웅
천현감(이운룡)이 시험을 감독하게 하였다.

4월 12일 (경신) 맑다.

순무어사 서성이 내 배에 와서 이야기했다. 우수
사(이억기)·경상수사(원균)·충청수사(구사직)가
함께 왔다. 술이 세 순배 돌자, 경상수사 원균은 짐
짓 술 취한 척하고 미친 듯이 날뛰며 억지 소리를
해대니, 순무어사도 무척 괴이쩍어 했다. 삼가현감
(고상안)이 돌아갔다.

《난중일기》 이순신 갑오년(1594)

이처럼 이순신도 과거 시험 감독관으로 온 고상
안에 대해 유달리 많은 기록을 일기에 남겼다. 짧은
기간임에도 가능한 여러 번 만나며 오랜 대화를 나
눈 것을 미루어볼 때 확실히 동기생끼리 통하는 묘
한 감정이 있었던 모양.

한편 당시 무과 시험 과목으로는 이순신의 제안
처럼 화살을 쏘아 뽑았으니, 바로 저기 보이는 제승

당의 활터가 시험을 치른 장소라 하겠다. 이런 과정을 통해 뽑힌 100명의 합격생을 사람들은 소위 주사급제(舟師及第)라 불렀으며, 이는 곧 수군에서 나온 급제자라는 의미였다.

그리고 이순신의 제안에 따라 2년 뒤에도 무과 시험이 한산도에서 다시 한 번 개최되었다.

> 한효순을 한산도(閑山島)로 보내어 무과를 행하여 수군들을 시험 보고 과거 합격의 자격을 주었는데, 이는 통제사 이순신의 청에 따른 것이었다.
>
> 《조선왕조 선조수정실록》 선조 29년(1596) 8월 1일

이렇듯 이순신이 적극 요청하여 개최된 두 차례에 걸친 한산도 무과 시험은 전쟁에서 큰 공을 세운 수군들의 사기를 높이는 데 큰 도움이 되었다. 특히 무군사의 반발 등으로 볼 때 정치적으로 상당히 부담이 되는 일임에도 불구하고 삼도수군통제사라는 위치에 걸맞게 자신의 부하들에게 좋은 기회를 주고자 노력했던 이순신. 그는 조직의 활력을 위해 여러 동기를 만들어 부여할 줄 아는 리더였다.

요트 여행을 끝내며

요트는 한산도까지 살펴본 후 통영해양스포츠센터 선착장으로 돌아간다. 배를 타고 한산도대첩을 직접 경험한 느낌을 받은 후 한산도까지 쭉 구경했더니 포만감이 올라오는걸. 배가 부른 포만감이 아니라 당시 시대를 몸으로 직접 경험하며 얻은 포만감. 솔직히 배를 타서 그런지 배는 오히려 고픈 상황이다.

"배를 타고 파도 따라 왔다 갔다 하다 보면, 육지에 비해 체력이 금방 소진되기는 하죠. 새우깡 좀 드세요."

선장님은 내 이야기를 듣더니, 새우깡을 준다.

"왜 새우깡이 배에 있죠?"

"아~ 갈매기들한테 새우깡을 던지면 이 녀석들이 배를 향해 모이거든요. 배를 탄 손님들에게 재미있는 이벤트가 됩니다."

오호. 선장님 말대로 새우깡을 바다로 던지자 맨 처음에는 눈치 빠른 한 마리가 따라오더니 나중에는 주변의 갈매기들 대부분이 배로 모여들었다. 결국 나는 거의 먹지 않고 갈매기 밥으로 다 던져버렸네. 대신 나는 아까 편의점에서 사온 사과주스를 열심히 마셨다. 바다는 충분히 봤으니 이제 배 안으로 들어가 내부를 잠시 구경해볼까. 요트는 내부에 방이 3개 있고 거실까지 존재하여 마치 집을 옮겨놓은 분위기로군. 아늑해 보인다. 그러나 파도로 이리저리 움직이는 공간에서 잠을 편안히 잘 수 있을지…. 음, 아무래도 적응되면 가능하겠지.

내부를 구경하고 다시 요트 위로 올라와 이번에는 통영을 쭉 감상해본다. 참으로 멋진 풍경이다. 항구 도시의 매력이란. 나 역시 고향이 부산이라 그런지 정겹게 다가오는걸. 노년에는 부산으로 돌아가 인생의 마지막 시기를 살고 싶구나. 그렇게 요트는 점차 선착장 가까이 들어왔고, 어느덧 방파제 안으로 들어서니 파도마저 잔잔해졌다.

"그래서 뱃사람들은 방파제 안으로 들어오면 집에 왔다는 기분을 느낍니다."

과연. 방파제 덕분에 파도가 약해지니, 바다가 아닌 마치 평지를 다니는 느낌이네. 나도 잠시나마 바다에 적응이 되었나보다. 이로써 1시간 훌쩍 넘게 타며 즐거웠던 요트 여행은 마감할 분위기다. 개인적으로 돈이 아깝지 않은 멋진 경험이었다.

5

미륵산에 올라

식사를 하러 이동

바다에 가까운 통영인 만큼 해산물이 유명할 듯하지만, 이상하게도 오늘은 햄버거가 당긴다. 내가 사는 안양 아파트 앞에도 맘스터치가 있는데, 통영 요트 타는 곳 앞에서 뜻밖에 맘스터치를 보니 관심이 생겼거든. 혹시 동일한 맛일지 궁금하다고나 할까? 그렇게 별 의미 없이 햄버거를 먹으러 자연스럽게 가게로 들어갔다.

주문하고 얼마 후 싸이버거 세트가 나오는군. 밖이 보이는 창가에 앉아 포장을 뜯어보니, 과연 먹음직한 햄버거의 자태. 한 입 베어 먹어보니 역시나 싸이버거는 안양뿐만 아니라 통영에서도 훌륭한 맛을 자랑한다. 무엇보다 나는 맘스터치의 감자튀김을 좋아하는데, 다른 프랜차이즈와 비교하여 매콤한 맛이 독특하지. 덕분에 맘스터치 햄버거를 보통 두세 달에 한 번 꼴로 먹는 듯.

그런데 내가 즐기는 이 맛을 과연 300~400년 뒤 후손들도 함께 즐길 수 있을까? 글쎄.

2010년 통영에 이런 일이 있었다. '이순신 밥상'

통영해양스포츠센터 선착장 입구 맘스터치의 싸이버거 세트.

을 재현한 음식점이 통영시와 경상남도 주도로 야심
차게 등장한 것이다. 이때 《난중일기》에 등장한 여
러 음식을 단품 또는 코스 요리처럼 즐길 수 있게 했
다는군. 당연히 이순신의 남다른 명성과 통영시의
적극적인 홍보로 처음에는 엄청나게 많은 손님이 몰
렸다고 한다. 그러나 점차 발길이 끊어지더니 화려
한 시작과 달리 불과 1여 년 만에 가게 문을 닫고 만
다.

　그 이유는 다음과 같다. 1. 철저한 고증을 통해 만
들어진 요리에는 현대인에게 익숙한 인공 조미료를
전혀 쓰지 않았고, 2. 임진왜란 때만 하더라도 고추,

호박, 양파, 고구마, 감자 등이 전래되지 않았기에 이를 음식에 넣지 않았으며, 3. 김치는 백김치만 사용했다. 그러다보니, 맵고 짜고 자극적인 맛에 익숙해진 현대 한국인이 먹기에는 뭔가 심심한 맛이 된 것.

이를 미루어볼 때 음식에 대한 평가란 동시대 사람이 느끼는 맛에 불과할지도 모르겠다. 내가 맛있게 먹고 있는 햄버거와 감자튀김 역시 미래 사람들의 혀에는 전혀 맞지 않을 수 있다는 의미. 상상의 나래를 펼쳐보면 300~400년 뒤에는 동물 고기가 인공 고기로 완전히 대체될지도 모르지. 덕분에 아예 동물 고기 먹는 것을 미개한 습성으로 볼지도. 하하. 엉뚱한 상상은 여기까지.

그럼에도 불구하고 나는 먹어보지 못해서 그런지 기회가 된다면 이순신 밥상을 한 번 먹어보고 싶다. 살다보면 분명 기회가 있겠지. 10년 전에 비해 건강식이 크게 유행하는 요즘에는 오히려 심심한 과거의 음식이 인기를 누릴지도 모르니까. 그 과정에 또다시 이순신 밥상을 파는 음식점이 오픈할지 모른다. 그럼 햄버거도 다 먹었으니 다음 코스를 향해 움직여보자. 통영의 자랑인 케이블카가 바로 그것이다.

통영 케이블카

오호. 어느덧 오후 1시 30분이 되었네. 언덕으로 이어진 큰 길을 따라 걸어 올라가자 커다란 케이블카 표시가 보인다. 안으로 들어서니 저 위로 규모가 꽤 큰 주차장 건물이 나를 반기고있군. 조금 더 다리에 힘을 내보자. 드디어 케이블카 타는 건물이다. 빠르게 매표소로 가서 티켓을 산다. 이제 케이블카 탈 준비는 끝.

통영 케이블카는 통영을 대표하는 관광 상품으로 마치 미륵산을 바람처럼 날아가는 느낌을 준다. 사실 두 다리로 등산을 해도 충분히 갈 만한 높이의 산이기는 하나, 거의 꼭대기까지 케이블카가 가주니 무척 편하게 올라갈 수 있거든. 돈으로 시간과 노력을 사는 방법 중 하나가 아닐까 싶네. 그런데 왜 이곳 산을 미륵산이라 부르는 걸까?

불교에서 미륵은 미래에 등장하는 부처로 잘 알려져 있지. 그렇게 미래에 등장한 미륵은 용화수(龍華樹) 나무에서 깨달음을 얻는다고 하는데, 그래서인지 몰라도 이곳 미륵산에는 용화사라는 사찰도 존재한다. 이처럼 미륵이 내려올 산이라는 의미를 지니고 있는 것이다. 반면 또 다른 이야기도 존재한다. 용을 뜻하는 순 우리말로 '미르'가 있지. 다름 아닌 이 미르가 미륵으로 전의(傳意)되어 미륵산이 되었다는 것. 이 역시 어느 정도 수긍되는 이야기다. 왜 말이 되는지는 산에 오른 뒤 이야기를 마저 이어가기로 하자.

입구로 들어가 케이블카를 탔다. 천천히 올라가는 케이블카에서 주변 풍경을 구경해본다. 케이블카 정류소 옆 아파트가 점차 아래로 보이기 시작하더니, 어느 순간 통영 시내가 한눈에 들어온다. 그렇게 더 오르자 저 멀리 통영 도시 전반 및 주변 바다와 거제도 등이 펼쳐 보이네. 한편 바로 아래로는 '스카이라인루지'라 하여 작은 자동차를 타는 코스가 보이더니, 산 중턱으로 올라가자 거대한 골프장도 보인다. 이렇게 꽤나 근사한 주변 풍경을 감상하다보면 금세 도착.

미륵산 정상 가까이에 세운 인공 구조물에서 내려 건물을 따라 3층 꼭대기로 올라가자,

"우와, 풍경 좋네."

누구라도 감탄이 절로 나올 만큼 한려수도의 아름다운 풍경이 펼쳐 보이는구나. 오늘따라 미세먼지도 없고 날이 화창하여 저 멀리까지 상쾌하게 살펴

미륵산을 오르내리는 통영 케이블카. ⓒPark Jongmoo

볼 수 있어 행복하군. 혹시 저 멀리 옅게 보이는 장소가 대마도일까? 날씨가 매우 좋은 날에는 대마도까지 보인다는 이곳이라 그런지 기분이 남다르다.

여기서 잠깐. 한려수도(閑麗水道)는 한산도에서 사천, 남해, 여수에 이르는 남해안 연안 수로를 의미한다. 이 중 한산도(閑山島)와 여수(麗水)에서 한자씩 따서 '한려수도'라 부르는 것. 또한 이곳 바다 수로를 따라 수많은 섬이 존재하며, 과거 조선 시대에는 조운선, 군선, 어선 등이 이동하는 중요한 길이기도 했다. 당연히 임진왜란 때 이순신 함대가 주로 활

대마도　　홍도

(위) 미륵산 정상에 있는 전망대에서 바라본 한려수도. 날씨가 화창하면 멀리 대마도까지 보인다. (아래) 미륵산 정상에서 내려다본 견내량. ⓒPark Jongmoo

동하던 영역 역시 이곳 한려수도였지. 이순신이 역임한 삼도수군통제사와 전라우수사는 각기 통영, 여수에 군 기지가 위치했기에 사실상 관할 범위가 한산도에서 여수까지를 의미하는 한려수도 그 자체였으니까.

자. 여기까지 한려수도의 아름다움에 대한 감상은 끝내고, 왜 미르라는 용을 뜻하는 이름이 산 명칭이 되었는지 살펴보도록 할까?

믈, 미르, 미리, 미륵

용(龍)은 신비로움이 가득한 동물이다. 그 모습마저 기묘하게 생겼으니, 머리는 낙타, 뿔은 사슴, 눈은 토끼, 귀는 소, 목덜미는 뱀, 배는 큰 조개, 비늘은 잉어, 발톱은 매, 주먹은 호랑이에서 각각 가져왔다. 여러 동물을 모아 구성한 상상의 동물이라는 의미.

이렇게 처음 인류사에 등장한 용은 물을 상징하는 동물로 널리 인식되었는데, 마침 물은 농경 민족에게 절대적으로 중요한 자원이었거든. 농사를 짓는 데 물을 관리하는 능력이란 매우 중요했기 때문. 물이 너무 적어 가뭄이 되어도 물이 너무 많아 홍수가 되어도 안 되니까.

용은 물에서 태어나, 그 색깔은 오색(五色)을 마음대로 변화시키는 조화 능력이 있는 신이다. 작아지고자 하면 번데기처럼 작아질 수도 있고, 커지고자 하면 천하를 덮을 만큼 커질 수도 있다. 용은 높이 오르고자 하면 구름 위로 치솟을 수 있고, 아래로 들어가고자 하면 깊은 샘 속으로 잠길 수도 있는 변

화무일(變化無日)하고 상하무시(上下無時)한 신이
다.

《관자(管子)》 수지편(水地篇)

　날씨와 물에 민감한 농경 문화에서는 상상 속 동
물인 용 역시 다양한 변화와 힘을 지닌 동물로 인식
되어왔다. 위의 문장은 《관자》, 즉 중국 전국 시대에
그동안 제(齊) 나라의 사상가들이 남긴 언행을 편찬
한 책에 실린 내용으로 당시에도 이미 용을 얼마나
귀하게 여겼는지 보여주지. 그러다보니, 점차 용의
권위는 확장되어 단순히 물을 제어하는 신을 넘어 강
력한 권력을 상징하는 신으로 군림하게 된다. 이러한
용에 대한 개념은 당연히 한반도에도 큰 영향을 미쳤
다. 우리 문화에 익숙한 용 이미지가 바로 그것.
　한반도에서는 용을 물에서 나온 동물이라 하여
물의 옛 발음인 '믈(水)'에서 따와 '미르'라 불렀다.
이는 용을 뜻하는 순수한 우리말이다. 흥미로운 점
은 용이 등장할 때마다 마치 기다렸다는 듯이 큰 일
이 뒤따라 벌어지곤 했으니, 한국사에서 용이 출현
했다는 기록 뒤에는 빠짐없이 태평성대, 왕의 탄생,
왕의 죽음, 영웅의 죽음, 풍년과 흉년, 군사 사태, 민
심 폭발 등 큰 사건들이 이어 등장하고 있거든. 이에
나중에 벌어질 사건을 예언한다는 의미를 지닌 '미

리(豫)'와 '미르'도 유사한 발음 덕분에 그 의미가 서서히 하나로 합쳐지게 된다. 즉 용은 물에서 탄생되어 미리 어떤 사건을 예언하는 신비한 동물로도 인식된 것.

> 월성(月城)의 동쪽에 새 궁궐을 짓게 하였는데, 그곳에서 황룡(黃龍)이 나타났다. 왕이 이것을 괴이하게 여기고는 계획을 고쳐서 사찰을 짓고, '황룡(皇龍)'이라는 이름을 내려주었다

> 《삼국사기》 신라본기 진흥왕 14년(553) 2월

예를 들면 경주에는 본래 궁궐을 만들고자 한 자리에 황룡이 등장하자 이를 대신하여 황룡사라는 사찰을 만들었다는 일화가 있다. 이때 과거 연못이 존재한 곳을 메워 황룡사를 건설했으니, 이로써 물에 있던 용이 거대한 사찰을 만들기 전 미리 예언적 힘을 보여주었음을 알 수 있지. 그런데 마침 삼국 시대에 적극적으로 도입된 불교에는 석가모니를 이어 미래에 등장할 부처인 미륵이 존재했는데, 바로 이 미륵이 용과 유사한 능력이 있었다는 사실.

어느 날 무왕이 부인과 함께 사자사에 가려고 용화산 밑의 큰 못가에 이르니 미륵삼존(彌勒三尊)이

못 가운데서 나타나므로 수레를 멈추고 절을 올렸다. 부인이 왕에게 말하기를 "모름지기 이곳에 큰 절을 지어주십시오. 그것이 제 소원입니다."라고 하였다. 왕은 그것을 허락했다. 지명법사에게 가서 못을 메울 일을 물으니 신비스러운 힘으로 하룻밤 사이에 산을 무너뜨려 못을 메우고 평지를 만들었다. 이에 미륵삼회(彌勒三會)의 모습을 본떠 전(殿)과 탑(塔)과 낭무(廊廡)를 각각 세 곳에 세우고, 절 이름을 미륵사(彌勒寺)라고 하였다.

《삼국유사》 기이 무왕

바로 앞 황룡사 전설과 비교하면 어떠한지? 이는 연못가에 미륵이 등장하여 사찰을 짓게 되었다는 백제 미륵사 전설이다. 이때도 연못을 메워 사찰을 만들었다고 하므로 이를 황룡사 전설과 비교하면 용 대신 미륵이 등장했을 뿐 거의 유사한 스토리텔링을 보여준다. 즉 미르와 미륵이 유사한 능력을 지니고 있었던 것.

뿐만 아니라 마침 미륵은 미래에 등장할 부처인 만큼 마치 용처럼 예언적 신비함을 갖추고 있었고, 발음 역시 우연치 않게 미르와 미륵이 유사했다. 이에 따라 용 신화가 있던 장소마다 미륵이 이를 대신하는 상황이 점차 잦아졌다. 무엇보다 통일신라 말기가 되면 미륵 사상이 한반도 전역에서 호족과 민간을 중심으로 크게 유행하였기에 용을 대신하여 미륵 신앙이 성행하는 큰 계기가 되었거든. 그 과정에서 기존의 바닷길을 수호하는 역할마저 용이 아닌 미륵이 대신하기도 했으니….

한때 신라에서는 신라사해(新羅四海)라 하여 동, 서, 남, 북 바다에 사는 용을 위해 제사 지내는 문화가 있었다. 이는 큰 바다에 사는 용에게 나라에서 직접 제사를 지냄으로써 바다의 안정을 꾀하고 국가 통치권을 상징적으로 널리 알리기 위함이었지. 이 중 남해는 거칠산군(居漆山郡), 지금의 부산에서 큰 제사가 치러졌는데, 이외에도 작은 제사들이 바다의 중요한 길목 곳곳에서 있었던 모양이다.

다름 아닌 이곳 미륵산 정상에는 고려 말에 만들어진 봉수대가 존재하는데, 그 주변으로 건물터와 더불어 제사에 사용한 통일신라 토기 등이 출토되었으니 말이지. 이를 미루어볼 때 선박이 다니는 주요 바닷길을 보호하기 위하여 통일신라 시대에 바다를 바라보며 제사를 지낸 장소에다 고려 말 일본 해적 침입이 잦아지자 대마도까지 보이는 이곳에 봉수대를 만들었음을 알 수 있다. 즉 이곳 미륵산 정상 역시 한때는 용을 모시는 제사가 치러졌던 것.

그 결과 시일이 지나며 용을 의미하던 미르가 점

차 미륵으로 대체되어 아예 산 이름으로 정해졌으니, 현재의 미륵산, 더 나아가 통영시 남쪽에 있는 미륵도가 바로 그 흔적이라 하겠다. 바로 이곳 미륵산에서 거제도 견내량 쪽 일본 군선을 확인한 목동 김천손에 의해 미리 적선의 숫자와 규모를 정확히 확인한 조선군은 이순신의 지휘 아래 한산도대첩이라는 큰 승리를 만들었으니, 이 역시 미래를 파악한 미륵 또는 용의 도움이 아니었을까?

정유재란과 정보 전쟁

시원한 바람과 함께 전망대에 서서 한동안 저 멀리 견내량을 바라본다.

오호. 이곳 미륵산에서는 각도 덕분에 다리 두 개가 겹쳐져 마치 이층 다리처럼 보이는구나. 이를 각각 거제대교와 신거제대교라 부른다. 여기서 볼 때 1층처럼 보이는 다리가 거제대교이며 2층처럼 보이는 다리가 신거제대교다. 임진왜란 때만 하더라도 저 다리가 있는 견내량을 통과하여 동쪽으로 이동하면 바다를 따라 창원, 부산, 울산 등에 배치된 일본 진영을 만날 수 있었지. 사실상 최전선이었다는 의미. 이에 이순신은 1593년부터 삼도수군통제사가 되어 견내량이 보이는 한산도에 머물면서 일본 해군의 서쪽 진출을 철저하게 막고 있었다.

그런데 시간이 지나 1596년 말부터 조선에서는 공격적인 방어를 기반으로 한 전략을 다름 아닌 선조가 중심이 되어 기획하는 상황이 펼쳐진다. 정유재란 직전의 모습이라 하겠다. 이해를 돕기 위해 이렇게 선조 중심으로 작전을 세우는 당시의 상황을 잠시 살펴보자.

앞에서 이야기했듯 임진왜란은 임진년인 1592년에 발발하여 기세 좋게 일본군이 북상하던 시절도 있었으나, 일본군은 한산도대첩, 진주대첩, 행주대첩에서 패하면서 그 힘을 금방 잃게 된다. 더 나아가 명나라까지 조선을 도와 지원 병력을 파견하자 갈수록 전선을 유지하기 힘들어졌다. 이에 일본군은 남쪽으로 후퇴하다 명나라와 일본 간 강화 회담이 진행되던 중 돌연 1593년 7월, 진주성을 10만 대군을 동원해 함락시킨 뒤로는 지금의 부산 등지에 일부 병력만 배치한 채 점차 철군하였다. 이는 1차 진주성 전투 패배의 치욕을 갚고 명나라에게 일본의 강력한 군사력을 보여 강화 회담을 유리하게 진행하기 위하여 벌인 일이었다. 그 과정에서 조선은 배제된 채 엉뚱하게도 명나라와 일본 간 강화 회담이 이루어졌는데, 어쨌든 지루한 협상 기간 동안 전쟁은 잠시 멈춘다.

하지만 강화 회담은 일본 측의 무리한 요구가 이어지며 무산되고 말았다. 예를 들면 조선 8도 중 남부 4도를 일본에 할양 및 명나라 황제의 공주를 토요토미 히데요시의 후비로 책봉 등의 조건이 그것. 그러자 도요토미 히데요시는 자신의 의도를 관철하기 위하여 다시 한 번 14만 대군을 조선에 파견하도록 명했으니, 이를 정유년인 1597년에 벌어진 전쟁이라 하여 소위 '정유재란'이라고 부르지.

문제는 이런 급박한 상황에서 1597년 2월 26일, 뜻밖에 이순신이 파직되었다는 것. 이때 중앙 정부에서는 이순신에게 다음과 같은 죄목을 들었는데,

1. 조정을 속이고 임금을 업신여긴 죄. 2. 적을 쫓아 치지 아니하여 나라를 등진 죄. 3. 남의 공을 가로채고, 남을 죄로 빠뜨린 한없이 방자하고 거리낌이 없는 죄.

가 그것이다.

이 중 선조가 분노한 가장 큰 이유는 정유재란을 위해 일본 병력이 규슈→대마도→부산으로 이동할 때 이순신이 이끄는 조선 해군이 바다 중간에서 막지 못했다는 부분이었다. 즉 1번·2번을 합친 죄였지.

여기까지 흐름을 이해하고 다시 세부적으로 살펴보자. 정유재란 발발 전인 1596년 말부터 조선 중앙 정부에서는 선조를 중심으로 다음과 같은 논의가 진행 중이었다.

청정(淸正, 가토 기요마사)이 1~2월 사이에 나온다고 하니, 미리 통제사(이순신)로 하여금 정탐꾼을 파견하여 살피게 하고, 혹 왜인에게 후한 뇌물을 주

어 그가 나오는 기일을 말하게 하여, 바다를 건너오
는 날 해상에서 요격하는 것이 상책이다. 다만 바다
를 건너오는 날을 알아내기가 어려울 따름이다.

《조선왕조실록》 선조 29년(1596) 12월 5일

이는 곧 일본의 재침을 충분히 예상하고, 주력군
을 이끄는 가토 기요마사(加藤 淸正, 1562~1611)가
바다를 이동할 때 공격하려는 의도를 보여준다. 나
름 대범한 작전이다. 계획대로만 된다면 천하무적
조선 수군에 의해 선봉이 무너지면서 일본의 재침
의도는 초반부터 박살날 테니까.

한편 조선에 가토 기요마사의 이동 정보를 전달
한 인물은 대마도 출신으로 조선 기록에는 요시라
(要時羅)로 등장하며 일본 이름은 가케하시 시치다
유(梯七太夫, ?~1598)였다. 그런데 1596년 11월 그
가 조선에 전한 정보는 다음과 같은 이야기였으니.

가토 기요마사가 다음해 1~2월쯤 바다를 건널 것
이니, 이를 조선 수군이 바다 가운데서 기다리다 격
파하면 전쟁을 막을 수 있다.

그러자 이순신 역시 답변을 보냈다. 정부의 명이
내려지면 부산으로 진출하겠다고 알린 것이다.

통제사 이순신이 알리기를, "중국의 사신이 이미 통신(通信)하며 왕래하였는데도 흉적(兇賊; 일본군)이 그대로 변경에 있으면서 아직도 틈을 노리어 침략할 계책을 품고 있으니 참으로 분개스럽습니다. 신이 수군을 뽑아 거느리고 부산 근처로 진출하여 적이 오는 길을 차단하고 일사의 결전을 하여 하늘에 사무친 치욕을 씻고자 합니다. 만일 지휘할 일이 있거든 급히 답변을 내려주소서." 라 하였는데, 듣는 자들이 모두 장하게 여겼다.

《조선왕조 선조수정실록》 선조 30년(1597) 1월 1일

임진왜란 때는 적선을 미리 바다에서 수군으로 막지 못했지만 이번만큼은 처음부터 수군으로 막아 조선 왕으로서 권위를 올리려는 선조의 욕심이 겹쳐지면서, 조선 정부는 가케하시 시치다유가 전한 정보를 받아들여 적극적으로 일을 진행하였다.

문제는 해당 정보를 제공한 가케하시 시치다유가 임진년 전쟁 때 신립을 물리치고 한양까지 입성한 고니시 유키나가(小西行長, 1558~1600)의 간첩이었다는 사실이다. 무엇보다 고니시 유키나가와 이번 공격을 맡은 가토 기요마사는 서로 사이가 무척 나쁜 것으로 유명했는데, 이를 조선 측에서도 잘 알고 있다는 점을 역이용했으니, 거짓 정보를 제공하여

조선 측에게 마치 고니시가 조선군을 이용하여 가토를 제거하고 싶어하는 것처럼 연기했던 것이다.

뿐만 아니라 고니시 유키나가는 이미 1596년 12월 8일에 먼저 부산에 도착하여 병력을 다시금 정비하는 중이었다. 그렇다면 설사 조선 수군이 바다로 공격하더라도 부산에 이미 대비 중인 고니시의 병력과 바다를 건너오던 가토의 병력이 양쪽에서 협공으로 대응이 가능했다. 이러나저러나 일본 측에는 대비가 있었던 셈.

실제로도 가케하시 시치다유는 가토 기요마사가 상륙할 대략적인 시점 외에는 조선 정부에 정확한 출발 시기를 알려주지 않고 있었다. 정확한 시점을 알 수 없다면 험한 바다 가운데서 요격 역시 쉽지 않으니, 사실상 빛 좋은 개살구 같은 정보를 귀한 정보로 포장한 채 조선을 속였던 것.

이처럼 조선이 가케하시 시치다유가 준 정보에 집중했던 것과 달리 가토 기요마사는 1597년 1월 13일에 이미 한반도에 도착하였다. 반면 조선에서는 1월 13일이 되어서야 비로소 선조의 명에 따라 가토의 이동을 중간에 차단하라는 명을 내리기 위해 도원수 권율이 직접 한산도로 향하고 있었지. 정보 전쟁에서 조선이 완벽한 패배를 당한 것.

경상도 위무사(慶尙道慰撫使) 황신이 장계에,

"이달 12일에 청정(淸正, 가토 기요마사)의 왜선 150여 척이 일시에 바다를 건너와 서생포(西生浦; 울산)에 정박했고, 13일에는 청정이 거느리는 왜선 130여 척이 비를 무릅쓰고 바다를 건넜는데 바람이 순하지 못하여 가덕도(加德島)에 이르러 정박했다가 14일에 다대포(多大浦)로 옮겨 정박해있는데 곧 서생포로 향한다고 합니다.

평행장(平行長, 고니시 유키나가)이 송충인(宋忠仁)을 불러 말하기를 '조선의 일은 매양 그렇다. 기회를 잃었으니 매우 애석하나 이 뒤에도 할 일이 있다.' 라고 하였습니다.

수군이 차단하는 계책이 진실로 좋은 계책인데, 우리의 조치가 기일에 미치지 못하여 일의 기회를 그르쳤으니 매우 통한스럽습니다.

신의 망령된 생각으로는 적 청정이 비록 이미 상륙했더라도 아직까지 군영의 진지를 다 이루지 못했고 사졸이 새로 도착하여 돌과 재목을 나르는 왜적이 산과 들에 널려 있으니, 이 기회를 이용하여 급히 수군·육군의 방비를 신칙하여 몰래 군사를 내어 습격하고, 또 행장(行長, 고니시 유키나와)과 후히 사귀어 두 적이 서로 도모하게 하고 저들의 의구심으로 인하여 계책을 행하면 우리의 뜻을 이룰

수가 있습니다. 만약 소굴을 만들고 적들의 세력이 더욱 성하게 되면 비록 백 배의 힘을 들이더라도 실로 손을 쓸 수가 없습니다. 신은 우선 행장이 나오기를 기다려 형세를 보아가며 처리할까 합니다."

라 하였는데, 비변사에 계하하였다.

《조선왕조실록》 선조 30년(1597) 1월 23일

그토록 높은 관심을 가졌음에도 가토 기요마사가 안전하게 상륙했다는 허망한 소식이 중앙 정부에도 알려졌다. 더욱이 상황이 이리 되었음에도 위의 기록처럼 여전히 고니시 유키나가를 신뢰하던 조선 측의 모습에서 무능함을 넘어 연민의 안타까움마저 느껴지네. 이때 고니시 유키나가는 조선 군관인 송충인 앞에서 우리가 좋은 정보를 전달했음에도 조선의 잘못으로 놓쳤다며 안타까워하고 있었지. 가토 기요마사가 이미 상륙했음에도 마지막까지 조선 측에 혼이 담긴 연기를 선보인 것.

이러한 상황에서 뒤늦게 이순신은 명을 받들어 육군과 공동 작전을 진행하였다. 1597년 2월 10일, 육군의 지원과 함께 이순신은 군선을 이끌고 부산으로 출격하여 일본군을 상대로 무력 시위를 펼쳤거든. 하지만 선조의 분노를 막을 수 없었다. 어느덧 중앙 정부에서는 적선을 바다에서 막아 전쟁을 제압하고자 했던 선조의 원대한 계획이 명을 제대로 이행하지 못한 이순신 때문에 실패했다며 책임을 묻기 시작했으니까.

이에 따라 이순신은 왕이 주도한 이번 전략을 실패로 본 죄로 파직된다. 하지만 동 시점 남원에서 의병장으로 활동했던 조경남(趙慶男, 1570~1641)은 다음과 같은 기록을 남겼지.

요적(要賊, 가케하시 시치다유)이 전후에 행한 바가 모두 우리를 속이는 일인데도 우리나라는 알지 못하였으니 통탄할 만한 일이다.

《난중잡록》 조경남 정유년(1597) 2월 11일

생각이 매몰되어있던 선조와 달리 전장 상황을 제대로 인식하던 이들에게는 일본의 계략이 눈에 뻔했던 모양. 그렇게 파직된 이순신을 대신하여 선조의 의도에 따라 원균이 제2대 삼도수군통제사에 오른다. 하지만 이번 선택은 곧 엄청난 후폭풍을 가져왔다.

칠천량해전

　전망대에서 한산도 바다를 구경하는 것을 마감하고 아래층 매점으로 가서 아이스크림을 하나 구입해 먹는다. 음, 맛이 좋군. 평소에는 잘 안 먹지만 오늘따라 아이스크림 간판을 보니 지나칠 수가 없었음. 아무래도 시원한 풍경을 본 만큼 시원한 음식을 먹고 싶었나보다. 갑작스럽게 공기 맑고 시원한 산꼭대기에서 언젠가 매점을 운영하며 살고 싶어지네. 아이스크림을 다 먹자 이번에는 닭꼬치가 생각나서 하나 사서 입에 넣어본다.

　많은 사람들이 방문하여 즐기고 있는 이곳 매점에는 비밀의 길이 있다. 뭐, 솔직히 비밀은 아니지만 오늘따라 그렇게 표현해보고 싶었음. 저기 매점 앞에 보이는 계단을 따라 등산로로 올라서면 다름 아닌 미륵산 정상까지 갈 수 있거든. 그러나 오늘은 시간이 부족해서 포기하련다. 다음에 통영에 오면 가봐야지.

　그럼, 오후 3시 40분이 다가오니 슬슬 케이블카를 타고 내려가볼까? 여기 케이블카는 생각 외로 빨리 운행이 끝나기 때문에 조심해야 함. 특히 동절기인 10월부터 3월까지는 오후 4시가 마감이거든. 서두르자.

잠시 기다리다 케이블카를 타고 쭉 내려간다. 그런데 올라올 때와 달리 빠른 속도로 내려감에 따라 묘한 상실감이 느껴지는군. 급격하게 낮아지는 광경이 보여주는 아쉬움이라 할까. 아이쿠~ 그러고 보니 지금 타는 케이블카처럼 조선 수군도 이순신이 삼도수군통제사로 있을 때 최정상을 찍더니, 원균이 삼도수군통제사가 되자 미끄러지듯 급격하게 내려왔으니. 그것 참.

> 평조신(平調信)은 역관 이언서에게 말하기를 '조선 수군이 차츰 수전(水戰)을 익히고 선박도 견고하니 피차가 맞서서 서로 버티며 싸운다면 이기기가 어렵다. 그러나 만약 어두운 밤에 몰래 나가서 습격하되 조선의 큰 배 한 척에 일본은 작은 배 5~6척 내지 7~8척으로 대적하고 화살과 돌 공격을 무릅쓰고 돌진하여 일시에 붙어 싸운다면 수군을 격파할 수 있다.
>
> 《조선왕조실록》 선조 29년(1596) 12월 21일

정유재란이 발발하기 전까지 조선에서는 경상도,

부산 등에 위치한 일본 군영을 정탐하며 여러 정보를 확보하고자 노력했다. 실제로 이곳에서 탈영하는 일본군도 무척 많았으며, 간첩마저 여럿 활동하는 등 진짜와 가짜가 섞여 매우 복잡한 분위기였거든. 이렇게 정보를 전달하는 이들 중 조선에 평조신(平調信)으로 기록된 이가 있었다. 그의 일본 이름은 야나가와 시게노부(柳川調信)로 대마도를 통치하는 대마도주의 가신이었지. 그에게 얻은 여러 정보 중 마침 위 내용이 있었는데, 일본에서 외교 협상으로 전쟁을 쉬는 동안 조선 수군과 싸우기 위해 어떤 작전을 준비하고 있었는지 보여준다.

우선 일본 군선보다 큰 크기를 자랑하던 조선 군선에 맞서기 위하여 주변이 잘 안 보이는 야간에 여러 작은 선박을 일시에 돌진시켜 밀착시킨다. 그리고 조선 군선으로 그대로 승선하여 자신들이 자신 있는 근접 전투로 승부 보겠다는 내용이다. 이 작전은 일본의 의도대로 완벽히 성공하였다. 뻔히 보이는 적의 전략임에도 제대로 대처하지 못한 지휘관 때문에 말이지. 그렇다. 그가 바로 원균이다.

선조의 명으로 제2대 삼도수군통제사가 된 원균은 전임자와 달리 부하들을 제대로 장악하지 못했다. 이순신을 대신하여 부임한 그를 아무래도 수군 내에서 좋게 보는 이가 드물었을 테니까. 뿐만 아니라 이순신과 함께하던 전투에서 저돌적인 공격으로 일부 공적을 보였는지 몰라도 지휘관으로서 전략, 전술 능력은 제대로 갖추지 못했던 모양. 그래서인지 원균이 삼도수군통제사가 된 이후부터 조선 수군은 뭔가 나사 빠진 모습을 계속 보여준다.

물론 원균도 무과 합격 출신이기는 했다. 이순신보다 군 경력이 빨랐던 그는 1567년 식년 무과에 을과(乙科) 2등 전체 28명 중 5등으로 합격하였거든. 무과 동기로는 그 유명한 신립이 있지. 하지만 무과 출신이라 하여 모두들 전략을 제대로 지닌 것은 아닌가보다.

그동안 이순신이 보여주던 세밀한 지휘가 원균 부임 후 사라지자, 일본과 싸운 여러 작은 전투마다 군선을 계속 잃는 황당한 일이 벌어졌다. 또한 정박 때에는 적병을 감시하는 경계마저 제대로 세우지 않았지. 게다가 노를 젓는 이들의 피곤함을 이해하지 못하여 중간중간 제대로 휴식을 주지 않아 전투 이전부터 이미 힘을 크게 소비시킨다. 무엇보다 가장 큰 문제는 전투 분위기가 좋지 않으면 도중에 도망치는 아주 나쁜 버릇마저 원균에게 있었다는 사실. 리더가 책임을 회피하면 과연 그 결과는?

이렇듯 불길한 전조 현상이 이어지더니, 그가 삼도수군통제사가 된 후 얼마 지나지 않은 1597년 7월

16일, 그동안 천하무적을 보이던 조선 수군이 말 그대로 붕괴되는 대참사에 이른다. 이는 원균이 삼도수군통제사가 된 지 불과 5개월 만의 일이다.

7월 16일 5경(새벽 3~5시)에 적들이 구름처럼 몰려들어 포를 쏘아 한밤을 놀라게 했다. 우리 수군은 이미 어찌할 수 없어 매우 급하게 되어 닻을 올려 퇴각하려 하였는데, 날랜 자들은 칠천량으로 나아가고 둔한 자는 미처 나가지 못해 적에게 포위되었다. 이로써 전라좌수영의 군량은 이미 뺏긴 것이나 다름없게 되었으며, 주장(원균)을 중심으로 한 명령 체계는 붕괴되어 전 함대가 무너졌다. 그중 절반은 진해에서 패몰했고, 반은 거제도 쪽으로 달아났다.

이때 나는 홀로 후위 함선에 남아 탈출하는 함대를 호위하며 북을 치고 나팔을 불고, 깃발을 휘날리며 병사들을 재촉하였다. 그러나 남도포(南渡浦) 만호 강응표(姜應彪), 회령포(會寧浦) 만호 민정붕(閔廷鵬), 조라포(助羅浦) 정공청(鄭公淸), 해남대장(海南代將), 강진대장(江津大將) 등은 이미 수사 원균을 따라 먼바다로 도망가버렸다.

나는 혼자 군관(軍官), 사부(射夫), 노자(奴子)와 함께 일제히 대포를 쏘면서 사살하고 죽을 각오로 있는 힘을 다해 싸워 서로 간에 많이 죽었으나 형세가 심히 허약하였다. 지치지 않고 깃발을 휘날리며 진격해 나아가니, 주장(主將, 원균)이 사례하며 말하기를 "영공(令公, 김완)이 분발하여 싸우는 힘이 심히 크다"고 했다. 이에 내가 말하기를 적의 형세가 이와 같으나 함대를 지켜야 할 모든 장수가 도주하기에 바쁘니 빨리 도망간 자의 목을 베어 군법의 지엄함을 보이라고 했다.

그러나 주장(원균)이 말하기를 "이억기, 최호가 간 곳을 모르고 영공만이 죽을힘을 다해 적을 사로잡고자 하니 죽은 뒤에야 그만둘 것이냐."고 했다. 그 말을 듣고 돌아보니 적선 2척이 이미 50보 이내로 가깝게 다가오고 있었다. 이에 배설 등과 함께 적선과 교전하려 하였으나 좌우의 모든 응원군이 물러난 뒤였다. 나 역시 왼쪽 다리에 탄환을 맞아 위태하고 두려운 시점이었다.

큰소리로 급히 "주장! 주장! 어찌 나와서 구해주지 않는 것이오!" 하고 불렀다. 주장 원균은 술에 취해 높이 누워 호령만 하고, 다만 군관 김대복(金大福)이 편전 10여 발을 쏘았을 뿐이다. 수사 배설은 뱃멀미 탓에 몹시 지쳐 선방에 들어가 누웠는데, 인사불성의 상태라 한다."

《해소실기》김완

위의 이야기를 남긴 김완은 1577년, 무과 시험에서 병과 5등으로 합격한 무장으로 이순신을 따라 여러 전투에서 활약한 인물이다. 《난중일기》에도 자주 등장하는데, 그런 그에게 일생일대의 위기가 닥쳤다. 중앙 정부의 명에 따라 원균의 지휘 아래 부산으로 향했던 조선 수군에게 닥친 엄청난 재앙, 칠천량 해전에 맞닥뜨린 것이다. 이는 이순신이 수년에 걸쳐 조성한 경험 많은 수군과 더불어 거북선을 포함한 군선 120척이 하룻밤 사이에 사라져버린 최악의 사건이었지.

이때 일본 수군은 거제도 바다에서 계획대로 은밀하게 야간에 움직여 조선 수군을 공략했으니. 야간 경계마저 제대로 서지 않던 조선 수군은 갑작스런 공격에 난리가 났다. 더욱이 놀랍게도 원균은 전날부터 술에 취한 채로 있다가 적의 공격으로 도망치기에 바빴으며, 지휘자가 이 꼴이니 당연히 전투가 제대로 될 리가 없었다.

결국 김완은 도망치던 원균과 달리 끝까지 싸우다 일본군에게 사로잡히고 말았고, 포로가 되어 일본으로 옮겨졌다. 하지만 남다른 의지를 지녔던 그는 일본 내 조선인 마을에서 1598년 1월 25일 끝내 탈출하여 산을 넘고 험한 길을 건너 바닷가 근처 마을에 머문다. 그러다 3월 24일 배를 타고 4월 9일 대마도를 거쳐 4월 19일에 드디어 부산으로 돌아왔다.

무엇보다 김완은 탈출하는 과정에서 일본에 살던 수많은 조선인의 도움을 받았는데, 이때 자신에게 도움을 준 이의 이름과 함께 이들이 일본으로 끌려오기 전 조선에서 살던 지역 등을 세세하게 기록으로 남겼다. 덕분에 해당 기록을 읽어보면 임진왜란 때 주로 어느 지역에 살던 조선 사람들이 일본으로 끌려갔는지 간접적으로 알 수 있지. 도움을 준 사람 중 경상도 출신이 많은 것으로 보아 아무래도 전쟁의 피해가 가장 컸던 경상도에서 일본으로 끌려간 이가 많았던 모양이다. 뿐만 아니라 그는 칠천량 해전의 패배를 회고하며 위의 이야기까지 남겼으니, 그 결과 당시 원균이 얼마나 형편없는 지휘 능력을 보였는지 낱낱이 알 수 있다.

그렇다면 패배한 원균은 어떻게 되었을까

신(김식)은 통제사 원균(元均) 및 순천 부사 우치적(禹致績)과 간신히 탈출하여 상륙했는데, 원균은 늙어서 행보하지 못하여 맨몸으로 칼을 잡고 소나무 밑에 앉아있었습니다. 신이 달아나면서 일면 돌아보니 왜노 6~7명이 이미 칼을 휘두르며 원균에게 달려들었는데 그 뒤로 원균의 생사를 자세히 알 수 없었습니다. 경상 우수사 배설과 옥포(玉浦)·안골(安骨)의 만호(萬戶) 등은 간신히 목숨만 보존하였고, 많은 배들은 불에 타서 불꽃이 하늘을 덮었으며, 무수한 왜선들이 한산도로 향하였습니다.

《조선왕조실록》 선조 30년(1597) 7월 22일

칠천량 전투에서 겨우 살아 돌아온 김식은 보고서를 올리면서 마지막으로 본 원균의 모습을 묘사하였다. 도망치다 배를 버리고 육지로 올라간 그를 일본군이 따라잡는 장면이 그것. 하지만 원균은 그 상황에서도 무력을 발휘해 어찌어찌 살아난 모양이다.

7월 21일 권율이 서장(문서)을 보내 아뢰기를,

신의 군관인 최영길이 한산도에서 지금에야 비로소 나왔는데 원균이 사지를 벗어나 진주로 향하면서 최영길에게 말하길

"사량(蛇梁)에 도착한 대선(大船) 18척과 전라선(全羅船) 20척은 본도에 산재해있고, 한산에 머물러 있던 군민(軍民)·남녀·무기, 여러 곳에서 모여든 작은 선박 등을 남김없이 창선도(昌善島; 남해군 섬)에 집합시켜놓았으며, 군량 1만여 석은 일시에 운반하지 못하여 덜어내어 불태웠고, 격군(格軍; 노 젓는 수군)은 도망하다 패배한 배는 모두 육지 가까운 곳에 정박시켰으므로 사망자는 많지 않았다."

고 하였습니다.

《조선왕조실록》 선조 30년(1597) 7월 26일

이렇게 진주로 달아나다 도원수 권율의 수하를 만난 원균은 엄청난 패배에 대한 문책이 두려웠는지 전쟁에는 패했지만 뒤처리는 깔끔하게 했으며 실제 사망자는 많지 않았다는 평계를 대고 있었다. 그러더니 이 뒤로의 행방은 더 이상 알 수 없다. 원균이 구체적으로 어찌 되었는지 전혀 기록이 남아 있지 않거든. 아마 살아있었어도 죽은 듯 완벽히 숨어 지냈거나, 아님 큰 패배에 대한 문책이 있을까 걱정하

다 스트레스로 죽었던 것이 아닐까 싶네.

> 사신은 논한다. 한산의 패배에 대하여 원균은 책형(磔刑; 사형)을 받아야 하고 다른 장졸들은 모두 죄가 없다. 왜냐하면 원균이라는 사람은 원래 거칠고 사나운 하나의 무지한 위인으로서 당초 이순신과 공로 다툼을 하면서 백방으로 상대를 모함하여 결국 이순신을 몰아내고 자신이 그 자리에 앉았기 때문이다. 겉으로는 일격에 적을 섬멸할 듯 큰소리를 쳤으나, 지혜가 고갈되어 군사가 패하자 배를 버리고 뭍으로 올라와 사졸들이 모두 어육(魚肉)이 되게 만들었으니, 그때 그 죄를 누가 책임져야 할 것인가. 한산에서 한 번 패하자 뒤이어 호남이 함몰되었고, 호남이 함몰되고서는 나랏일이 다시 어찌할 수 없게 되어버렸다. 시사를 목도하건대 가슴이 찢어지고 뼈가 녹으려 한다.
>
> 《조선왕조실록》 선조 31(1598) 4월 2일

이는 시간이 지나 칠천량해전에 대한 책임을 두고 공방이 벌어지던 때 사관이 남긴 글이다. 당시 국가 업무를 관장하던 비변사에서 패전에 대한 책임을 원균에게 묻고자 하자 선조가 적극 원균을 옹호하고 있었거든. 이는 원균만의 책임이 아니라면서 말이지. 이에 왕과 신료의 대화를 기록에 남기던 사관은 도중 참지 못하여 위 같은 논평을 남겼던 것이다. 이 처럼 당시 정부 내에서는 원균에 대한 비토와 책임을 묻는 분위기가 무척 강했다. 이런 상황인지라 원 균은 설사 살아있었더라도 나오기 쉽지 않았겠지.

뭐 어쨌든 수년 간 키운 수군과 함께 원균은 사라졌다.

당시 수군의 한계

케이블카에서 내려 다음 코스로 갈 준비를 한다. 미륵산 구경도 다 했고. 음, 그래 '봄날의책방' 이라는 통영을 대표하는 서점을 가봐야겠군. 스마트폰을 꺼내 네이버 지도를 펴보니, 음? 이곳에서 서쪽으로 불과 1.3km 정도 거리다. 이 정도면 굳이 택시 탈 필요 없이 천천히 걸어가볼까.

그럼 걸어가면서 이야기를 마저 이어가보자.

바다와 육지의 일을 헤아려 말한다면, 임진년 초기에 육지의 적이 기세를 떨쳐 한달 사이에 평양까지 침입했으나, 해상의 적은 해를 보내도록 패하여 끝내 남해의 서쪽에는 이르지 못하였으니, 우리나라의 위력은 오로지 수군에 달려있습니다.

신(원균)의 어리석은 생각에는 수백 명의 수군으로 영등포(永登浦, 거제도) 앞으로 나가 몰래 가덕도(加德島; 부산 강서구에 위치한 섬) 뒤에 주둔하면서 빠른 배를 가려 뽑아 삼삼오오 짝을 지어 절영도(絕影島; 부산 영도) 밖에서 무위를 떨치고, 100여 명이

나 200명씩 큰바다에서 위세를 떨치면, 청정(淸正, 가토 기요마사)은 평소 수전(水戰)이 불리한 것에 겁을 먹고 있었으니, 군사를 거두어 돌아갈 것이라 생각됩니다.

원하건대 조정에서 수군으로써 바다 밖에서 맞아 공격해 적으로 하여금 상륙하지 못하게 한다면 반드시 걱정이 없게 될 것입니다. 이는 신이 쉽게 말하는 것이 아니라 전에 바다를 지키고 있어서 이런 일을 잘 알기 때문에 이제 감히 잠자코 있을 수가 없어 우러러 아룁니다.

《조선왕조실록》 선조 30년(1597) 1월 22일

이는 이순신이 파직되기 직전 선조에게 올린 원균의 글이다. 이때 조선 중앙 정부에서는 가토 기요마사가 조선 수군의 별다른 공격을 받지 않고 도착한 사실이 알려지면서 이순신에 대한 파직 여론이 점차 들불처럼 일어날 때였지. 원균은 이때야말로 군 후배인 이순신을 넘어설 좋은 기회라 여긴다. 이에 앞뒤 가리지 않고 선조가 원하는 바를 충실히 따라 수군 단독으로 바다에서 적을 맞이하는 공격이 필요하다고 주장했던 것.

그 글이 마음에 들었는지 선조는 한산도에서 몸을 사린다고 생각하던 이순신을 대신하여 물불 가리

지 않아 용맹하다 여긴 원균을 제2대 삼도수군통제
사로 임명하였다. 하지만 막상 삼도수군통제사가 되
자 원균은 육군 지원 없이 수군 단독만으로는 작전
이 불가함을 이야기하였으니.

3월 29일 원균이 서장을 올리기를
어리석은 신하의 망령된 생각에는 우리나라 군
병이 그 수가 매우 많아서 노쇠한 자를 제하고 정병
(精兵)을 추리더라도 30여 만은 될 수 있습니다. 지
금은 늦봄인 데다 날씨가 가물어서 땅이 단단하니
말을 달리며 작전을 할 때는 바로 이때입니다. 반드
시 4~5월 사이에 수륙 양군을 대대적으로 출동시켜
한 번 승부를 겨루어야 합니다.

《조선왕조실록》 선조 30년(1597) 4월 19일

즉 원균은 육군 30만을 모아 부산 지역을 먼저 공
격하면 수군이 나서서 도망가는 적을 쳐부수겠다는
원대한 계획을 선보였다. 문제는 원균이 중앙 정부에
제안한 30만이라는 육군 병력 숫자는 당시 조선의 능
력으로 동원이 불가능한 상상 속 수치였다는 것.

권율이 대구에 머물면서 각도의 군사를 모은 것
이 2만 3600명이었다.

이 시점 도원수 권율이 대구에서 정유재란을 대비하며 모은 병력이 겨우 2만 3600에 불과했다는 기록이다. 즉 원균은 30만이라는 허황된 수치를 보이며 사실상 수군 단독 출진이 불가능함을 주장한 것이다. 하지만 선조는 수군 단독 출진을 적극 주장한 원균이기에 이순신을 대신하여 삼도수군통제사로 삼은 것이니, 결코 인정해줄 수 없었다. 결국 자신의 주장이 자승자박이 된 채 원균은 수군 단독 출진을 진행하였고, 그 결과가 바로 앞서 살펴본 칠천량해전이다.

그렇다면 왜 원균은 삼도수군통제사가 되기 전과 된 후에 말이 바뀐 것일까?

한산도에서 부산까지 가다보면 도중에 반드시 적진을 경유해야 하므로 우리의 형세가 파악됩니다. 또한 부산에서는 바람을 안고 적과 싸워야 해서 불리합니다. 어찌 적의 말을 믿고 전쟁을 시험 삼아 해볼 수 있겠습니까?

윤휴의 통제사 이충무공 유사

윤휴(尹鑴, 1617~1680)의 아버지는 이순신의 서녀(庶女)를 첩으로 맞이하여 서자 아들을 낳았는데, 그가 윤휴의 서자 형인 윤영이다. 덕분에 윤휴는 형을 통해 이순신에 대한 정보를 많이 접할 수 있었고 이를 수집, 참조하여 이순신, 그리고 그와 함께한 인물에 대한 기록을 정리하였다. 이 중 이번 사건을 언급한 내용이 바로 위의 글이다.

실제로 당시 한산도에서 출발한 뒤 견내량을 통과하여 동쪽으로 이동하면 바다를 따라 창원, 부산, 울산 등에 배치된 일본 진영을 만날 수 있었지. 이곳은 요새처럼 진형이 갖춰져 일본 병력이 배치되었기에 수군 단독으로 함락이 쉽지 않았다. 당연히 근처 해안의 일본 수군 역시 그만큼 다양한 지원을 받을 수 있었다. 뿐만 아니라 배 움직임 역시 해안가에 따라 배치된 일본 병력에 의해 일일이 파악되었기에 조선 수군은 여러 눈치를 볼 수밖에.

이에 이순신 역시 육군 지원까지 완비되자 1597년 2월 10일, 부산포로 진격했던 것이다. 적든 많든 육군의 지원이 있어야 적의 관심을 분산시켜 수군 역시 바다에서 안정적으로 다양한 전략을 선보일 수 있으니까.

게다가 당시는 지금처럼 레이더가 있던 시절이 아닌지라 바다에서 움직이는 적의 정확한 위치를 눈으로 직접 확인해야 했고, 배 역시 엔진으로 움직이지 않았기에 중간중간 항구에서 쉬어야 했다. 즉 작전 반경의 한계가 있었던 것. 뿐만 아니라 혹시나 안개가 끼거나 날씨가 좋지 않으면 한치 앞의 적마저 확인하기 힘들었다.

즉 해안가를 따라 일본군이 쭉 배치되어 있는 바다 앞으로 조선 수군이 진격하여 대마도에서 이동하던 적을 중간에 요격하겠다는 작전은 이론상 그럴 듯하나, 실제로 실행되기란 쉽지 않았던 것. 설사 가토 기요마사의 정확한 이동 시점을 알더라도 어려운 일이었다. 마찬가지로 원균이 말했던 수군 단독으로 부산으로 향하여 적을 공격한다는 의견 역시 현실 감각이 부족한 탁상공론식 작전이었다.

덕분에 이순신은 이론상 그럴 듯한 전략을 실행하지 못하여 희생양이 된 것이며, 원균 역시 임진왜란 후 군 후배에게 계속 밀리던 인생을 역전해보겠다는 일념에 빠져 독이 든 성배를 마셨던 것이다. 결국 삼도수군통제사가 된 원균이 갑자기 말을 바꾼 이유는 실제로 실행되기 쉽지 않은 작전이었기 때문.

결론은? 개인적으로 볼 때 부화뇌동한 원균도 문제지만 어쨌든 선조가 가장 큰 문제였다는 생각이 드네. 전장에서 직접 적을 두고 있는 경험 많은 군인의 현실적 판단이 아닌 왕과 문신들이 문자와 이론으로 작전을 짜다 최악의 결과물을 초래했으니까.

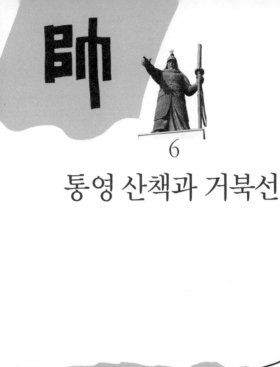

6

통영 산책과 거북선

봄날의책방

　드디어 '봄날의책방' 이라는 서점에 도착했다. 통영에 오면 꼭 오고 싶었는데, 어찌어찌하다보니 오늘에야 방문했네. 대부분의 이름난 크고 작은 출판사가 서울 마포 또는 파주 출판단지에 위치한 반면, '남해의봄날' 은 2011년, 경상남도 통영에 자리 잡았다. 그럼에도 불구하고 매번 출판하는 책들이 좋은 반응을 보이고있다 하는군. 그러다 어느 순간부터 출판사뿐만 아니라 서점까지 만들어 운영하게 되었으니, 봄날의책방이 바로 그곳이다.

　서점은 겉모습부터 알록달록한 모습을 하고 있다. 듣기로 오래된 집을 리모델링했다던데, 마치 애니메이션의 한 장면을 보는 듯 매력적인 형태라 할까? 안으로 들어서자 내부 역시 알록달록한 디자인으로 다양한 책이 벽마다 가득 전시되어있다. 어릴 적부터 책을 좋아하다보니, 이런 공간이 주는 매력이 남다르게 느껴지는군. 오호. 아름답다. 아름다워.

　서점, 꿈에서 매번 만들고 싶었던 공간이다. 그래서 한때 전국의 여러 서점을 다니면서 사장님과 인

봄날의책방. ©Hwang yoon

터뷰한 적이 있었는데, 사장님 대부분이 자기 건물이나 상가가 없다면 하지 말라고 하더라. 책을 돈 주고 사서 읽는 문화가 갈수록 약해지면서 월세 내는 방식으로는 서점 운영이 쉽지 않아서 말이지.

또한 다양한 이벤트, 예를 들면 작가와의 만남, 교육 프로그램 등을 기획하기도 하지만, 이 역시 손이 많이 가는 것에 비해 당장의 효과는 크지 않다고 한다. 어느 정도 행사가 쌓여야 열정적으로 모임마다 참가하는 사람들이 생겨나며 효과가 만들어진다고. 그래서인지 대부분의 작은 서점에 가면 카페를 겸하여 매출을 만들기도 하는데, 이 역시 주변에 커피 가게가 워낙 많이 생기는 시대인 만큼 가볍게 다가가면 결코 경쟁력을 갖추기 어렵다고 한다.

그 결과 상당한 고민과 현실에 부딪치면서 수년에 걸쳐 살아남은 작은 서점은 사실 몇 되지 않는다. 하지만 어려운 고비를 뚫고 살아남는 순간, 해당 지역의 문화 중심지로 올라서서 여러 사람들이 반기는 공간으로 유명세를 얻기도 하며, 관람객들의 SNS 사진 찍기로 유명한 장소가 되기도 하지.

이곳 봄날의책방이 바로 그런 장소이다. 다만 여러 다른 작은 서점과 달리 카페 없이 책만으로 승부를 보고 있어 흥미롭네. 나 역시 내부 사진을 이곳저곳 슬쩍 찍어본다. 그러다가 한쪽 책꽂이에서 내가 쓴 책을 운 좋게 하나 발견하였다.

《일상이 고고학, 나 혼자 전주 여행》

오잉, 이 책이 여기에 들어와 지내고 있구나. 반가운 마음에 꺼내서 살펴본다. 쫙 펼쳐보니, 확실히 재미있는 책이야. 암, 그렇게 내 책을 잠시 살펴보다 좋은 주인을 만나길 기원하며 도로 넣어둔다. 그리곤 통영을 소개하는 책 하나를 슬쩍 골라 계산하였다.

서점 구경을 마치고 밖으로 나오면서 점원에게 근처 맛집 한 곳을 소개해달라고 했다. 통영의 맛집은 아무래도 통영 사람이 잘 알듯해서 말이지.

그러자 점원은 '백서냉면'이라는 가게를 추천하

(왼쪽) 봄날의책방 내부. (오른쪽) 봄날의책방에서 발견한 내가 쓴 책
《일상이 고고학, 나 혼자 전주 여행》. ⓒHwang Yoon

는 것이 아닌가.

"여기 갈비탕이 계절 음식으로 나오는데, 요즘 판
매할 거예요. 맛있습니다. 다만 식당 브레이크 타임
이 오후 5시까지예요."

휴대폰을 꺼내 맵으로 살펴보니 바로 근처에 위
치하고 있군. 그래, 오늘 저녁은 백서냉면 갈비탕이
다. 아직 4시 20분밖에 되지 않았지만 이상하게 배가
고파서 말이지. 서점 바로 옆 전혁림미술관을 들렀
다 가보기로 하자.

전혁림미술관과 백서냉면

전혁림미술관은 서점 바로 옆에 위치하고 있다. 건물이 봄날의책방보다 더욱 개성적이라 흥미를 끈다. 작은 타일을 수없이 붙여 장식한 표면 덕분에 건물 자체가 마치 예술 작품 같은 느낌이거든. 안으로 들어서자 통영의 바다처럼 푸른색을 많이 쓴 그림들이 전시되어 있는 중. 이것이 바로 전혁림(1915~2010)의 그림이로구나. 오, 푸른 바다의 빛.

실제로 통영에는 화가 전혁림뿐만 아니라 소설가 박경리, 시인 김춘수, 음악가 윤이상 등으로 유명하다. 이처럼 이 도시에서 유독 예술가가 많이 배출된 것이 흥미롭구나. 아무래도 아름다운 풍경이 예술가의 혼에 큰 영향을 주었던 걸까? 아님 예술인들이 활동하기에 좋은 도시 기반이 있었던 걸까?

여러 의문을 지닌 채 미술관 감상을 끝내고 나왔다. 시계를 보니 어느덧 5시가 되었군. 그럼 계획된 저녁을 먹으러 출발하자.

동네를 구경하며 걷자, 금세 백서냉면에 도착. 깔끔한 가게 실내 분위기가 마음에 든다. 갈비탕을 하

전혁림미술관. ©Park Jongmoo

나 주문하고 기다리니, 창가 옆 부부 모습의 청동 작품이 눈에 띄는걸. 궁금증이 생겨나 누구의 작품이냐 물어보니, 지금은 요리사가 된 남편이 과거에 만든 작품이라고? 오, 그렇구나. 과연 예술가의 도시 통영답다. 예술가의 손에서 나온 음식은 어떤 맛일지 궁금증이 생겼다.

드디어 갈비탕이 나와 먹어본다. 깔끔한 그릇에 담긴 담백한 맛, 요즘 음식처럼 짜고 매운 강한 맛이 아니라서 오히려 반갑네. 어느새 그릇을 다 비우고 나니 배가 큰 무리 없이 든든해지는군. 그래, 역시 음식은 짜고 단 것보다 담백한 맛이 최고야.

(왼쪽) 백서냉면 전경. (오른쪽) 백서냉면의 갈비탕. ©Park Jongmoo

가게를 나오니 주변이 어두컴컴하다. 그럼 슬슬
호텔로 돌아가자. 하루 종일 여행을 했더니 피곤하
구나. 버스를 타고 갈까 하다가 그냥 카카오 택시를
부르기로 결심한다.

역사 소설 속 이순신과 거북선

택시를 타고 스탠포드호텔로 이동한다. 훌륭한 숙소가 기다리고 있기에 마음이 편하다. 한편으로는 오늘이 마지막 숙박이라 그런지 어제와 달리 조금 아쉬운 마음이 생기는군. 그렇게 택시를 타고 이동하는데, 뜻밖에 거북선이 생각났다. 지금도 비밀의 최종 병기 같은 거북선 이미지. 그런 거북선을 적재적소에 이용하여 이순신은 연전연승을 한 반면, 원균은 칠천량해전, 단 한 번의 전투에서 모든 거북선을 잃어버렸지. 아무리 뛰어난 무기라도 누가 쓰느냐에 따라 다른 모습을 보여줌을 알 수 있다.

그런데 맞다. 마침 스탠포드호텔 아래에 그러니까 오늘 요트를 탄 장소 근처에 현대 들어와 복원한 거북선 3척과 판옥선 1척이 정박되어 있거든. 오전에는 멀리서 본 채 대충 넘겼지만 아무래도 통영에 온 만큼 이 배들도 만나봐야겠지. 음, 원래는 통영항 강구안에 정박되어 있었는데, 임시로 와있다고 한다. 조만간 다시 원래의 자리로 돌아갈 예정.

경상우수사 원균은 거제도의 해전으로 일본군의 무용을 두려워하게 되었다. 다시 창끝을 섞어 싸울 기세도 없어 남은 배들을 불태워버리고 병기를 바다 밑에 가라앉히고 도망갈 준비를 했다. 수하의 부장 이영남이라고 하는 자가 원균에게 간하길 전라도 해안을 방어하고 있는 이순신에게 원병을 청하여 일본군과 다시 싸워 지난번 패전의 치욕을 씻자고 하였다. 이순신은 조선 국왕의 명령이 없음을 근거로 하여 이를 거절하였으나, 원균은 애원하며 원군을 청하기를 그치지 않았다.

이에 이순신은 병선 40여 척, 군세 1만 2000여 명을 인솔하여 가라시마에 도착하였다. 원균은 크게 기뻐하며 계략을 세워 싸워야 한다고 하였으나, 군사 회의에서 각자 의견이 달랐다. 이순신은 진작부터 일본군을 막기 위해 거북선을 만들었다. 그 만듦새는 두껍게 잇대어 붙인 판자로 배의 사면을 에워싸고 상하를 덮었으며, 그 형태는 거북의 등껍질과 같았다. 이 판자에 많은 총안(銃眼)을 파서 화포, 노를 구비하고, 병사 및 뱃사공, 조타수를 그 안에 숨기고, 전후좌우로 배를 회전시키며 적선을 사격하여 적의 기세를 꺾고자 하여 거북선을 갖춘 것이다.

그러는 동안 일본 수군의 제 장수들이 모여 전투 회의를 하는데, "필히 전진하여 적의 경비선을 처부수고, 적지에 깊숙이 들어가지 않으면 육지의 장군들에게 그 공을 빼앗길 것이다. 재빨리 밀어붙여 승부를 보아야 한다."고 하여 구키, 와키사카, 도도, 가토는 병선을 전진시켜 전투를 재촉하였다.

조선 수군의 병사들도 군선 수백 척을 내보내, 그 거북선을 최선두에 나아가게 하고 원균, 이순신은 그 뒤에 따르며 적이 오기를 기다렸다. 일본의 배들에는 제 나름의 배의 깃발, 갑옷의 등에 꽂아 소속을 나타내던 기, 창, 언월도가 아침 해에 반짝였다. 화살이 닿을 만큼 가까워지니 일본군은 뱃전을 나란히 하고 있던 수백정의 배의 철포를 동시에 '쿵' 하고 발사하고는, 연기 아래에서부터 돌진하여 앞을 다퉈 나아가는데, 조선군은 그 거북선을 나란히 세워 금세 해상에 한 채의 성을 세운 것처럼 한 명의 병사도 피해를 입지 않았다. 이 배의 총안에서 발사되는 화살은 비가 내리는 것보다 더 많았다.

일본군은 생각과 다른 적의 움직임이라고 하며 잠시 주저하고 있었다. 와키사카 나카쓰카사(천황 곁에서 궁중의 정무를 통할하던 관청) 다이후(장관) 야스하루는 뱃전에 올라 "적이 이용하고 있는 배는 우리 일본의 장님 배와 같은 만듦새다. 무슨 문제가 있겠는가. 올라타서 공을 세우자."

와키사카는 날아오는 화살을 베고는 갑옷의 소

맷자락을 걸어올리고, 투구의 목가리개를 기울여 적 가까이 노를 저어 가니 가토 요시아키, 도도 다카 토라, 구키 요시타카도 각각 와키사카에게 선두를 빼앗기지 말자고 제각기 용맹스럽게 모두 조선군에 가까이 갔다. 그러나 거북선으로부터 발사되는 화살이 많아서, 화살에 맞아 바다 속으로 떨어져 목숨을 잃는 자가 적지 않았다. 와키사카 야스하루가 어려움 없이 거북선에 갈퀴를 걸어 제일 먼저 뛰어 들어가자 와키사카 집안의 아들 야마오카, 이케사키, 구와하라 등의 용사도 뒤쳐지지 말자며 뛰어들어 거북선의 갑판 2, 3장을 비집어 열어 일사불란하게 뛰어들어가니 조선인들은 크게 두려워하여 화살을 쏠 틈도 없이 베이고 혹은 생포당해서, 이 배 1척은 와키사카의 손에 점령되었다.

수군대장 이순신은 일본군을 가까이 유인하여 "때가 왔다."며 신호의 북을 울리니, 거북선 안에서부터 수백의 화포가 동시에 '쾅' 하고 발사되었고, 선두에 있던 일본 군선은 검은 연기 안에 휘말려 지척도 구분할 수가 없어서 배가 불타고 병사를 잃었다. 도무지 싸울 기력이 없어 표류하는 차에 이순신이 둥근 부채를 들어 아군을 부르니, 거북선이 좌우로 열려 원균 등이 군세 수백 척의 대선을 화살과 같이 내보내어 '와' 하고 외치며 돌입하니, 일본군은

《회본태합기》, 국립진주박물관. ©Park Jongmoo

크게 흐트러져서 쓰러지는 자의 수를 알 수 없었다. 이순신은 크게 용기가 솟아서 선루에 올라가 아군 세력을 지휘하는데, 적이 발사한 철포에 왼쪽 어깨를 관통당하여 피가 흘러 발뒤꿈치까지 이르렀다.

이순신은 이를 신경도 쓰지 않고 칼로 살을 찢어 탄환을 빼내는데, 살이 파고든 것이 세치(三寸)쯤 되었다. 그럼에도 이순신은 고통스러운 기색도 없이 담소를 즐기는 것이 평소와 같았다. 이리하여 종일 싸우며 보냈다. 일본군은 결국 패배하여 부산 거제에 배를 한데 모으고, 조선인도 얕볼 수 없다고 하였다. 그 이후에는 서로 수군 진영을 지키기만 할 뿐 전투는 없었다.

《회본태합기》 '이순신이 거북선을 이용해 일본을 무찌르다'

위에 소개된 글은 18세기 말 일본에서 편찬된 역사소설인 《회본태합기(繪本太閤記)》중 일부이다. 이는 에도 시대 후기, 다케우치 가쿠사이(武內確齋, 1770~1827)가 집필한 것으로 당시 일본 민간에서 크게 유행하던 도요토미 히데요시 일대기 이야기가 그 바탕이 되었다. 삼국지가 유비, 조조, 손권 등이 벌인 역사적 사실에다 나관중이 허풍을 양념으로 넣어 소설로 구성한 것처럼 해당 소설은 임진왜란 때 등장하는 역사적 인물에 여러 양념을 넣었지.

물론 소설인 만큼 긴박감 넘치는 글 솜씨가 일품인데, 이 중 이순신이 거북선을 이용하여 일본 수군을 무너트리는 위의 내용이 담겨있어 눈길을 끈다. 덕분에 일본에서 이순신과 거북선을 얼마나 두려워했는지 절로 느껴지는걸. 거대한 벽처럼 결코 이길 수 없는 최종 보스의 모습을 하고 있으니까. 이는 작가가 여러 자료를 수집하여 나름 고증을 통해 구성한 이순신과 거북선의 위용이라 하겠다.

한편 도쿠가와 막부의 에도 시대에 들어와서는 류성룡이 쓴 《징비록》이 베스트셀러가 된다. 그 인기는 생각보다 훨씬 대단하여 1695년 첫 번역본 이후 무려 30여 종 이상의 징비록이 일본에서 출간될 정도였다는군. 이렇듯 놀라운 징비록의 인기 덕분인지 일본의 임진왜란에 대한 뜨거운 관심은 더 다양

이순신의 지혜로 구름을 물리치다

명량해전

《회본태합기》 삽화. (위) 이순신의 지혜로 왜군을 물리치다. (아래) 명량해전. 국립진주박물관.

한 자료에 대한 관심으로 연결되었다. 당연히 이런 자료들은 이후《회본태합기》같은 역사소설 집필에 필요한 중요한 고증 자료로도 자리매김한다. 참고로 《회본태합기》는 그림이 들어간 태합기(도요토미 히데요시 이야기)라는 뜻. 즉 재미있게 읽을 수 있도록 도판과 글이 함께하는 소설이다.

《회본태합기》가 큰 인기를 끌면서 일본에서는 이순신에 대한 숭배 의식이 점차 생겨나 이순신을 우상화하는 분위기로 이어졌다고 한다. 소설에 따르면 낮은 신분에서 시작하여 전국 시대 일본을 통일하며 가장 높은 위치까지 오른 입지전적인 도요토미 히데요시를 좌절시킨 인물처럼 묘사되었기 때문. 오죽하면 소설에서 적임에도 불구하고 이순신을 뛰어난 영웅처럼 묘사하고 있을 정도다.

택시를 타고 호텔로 이동하며 기사님과 대화해보니, 지금도 이순신 유적지를 감상하기 위해 통영을 방문하는 일본인이 은근 많다고 하네. 기사 생활을 하며 여러 번 태워보았다고 하는군. 그럼 이김에 나도 거북선을 구경하고 호텔까지 걸어가야겠다. 생각이 바뀐 만큼 택시 기사님께 이야기하여 중간에 내렸다.

거북선 내부에 대한 기록

바닷가 냄새를 맡으며 거북선과 판옥선 근처로 이동한다. 용머리를 한 거북선이 참으로 위풍당당해 보이는구나. 3척의 거북선과 1척의 판옥선, 그렇게 총 4척의 복원된 조선 군선이 있어서 그런지 마치 타임머신을 타고 조선 시대로 돌아간 느낌이 든다.

아~ 현재 시간이 오후 6시에 가까운 만큼 선박의 내부 관람은 할 수 없을 듯. 안타깝게도 오후 6시까지만 내부 구경이 가능하다고 이곳 간판에 적혀 있구나. 다만 예전에 여수 여행을 하며 이곳과 마찬가지로 바닷가에 정박시킨 거북선이 있어 내부를 구경한 적이 있는데, 아무래도 그것과 유사할 듯싶다.

흥미로운 것은 임진왜란 때 거북선의 활약이 실로 대단했던 만큼 여러 기록이 여전히 남아있지만 이상할 정도로 내부 구조에 대한 기록은 매우 빈약하다는 것. 예를 들면 난중일기 중 거북선 기록은 다음과 같거든.

"거북선에 사용할 돛베 29필을 받다."

거북선과 수자기. 사진 게티이미지

거북선 내부. 현재 복원된 모습일 뿐 과거의 정확한 모습은 학자들마다 의견이 달라 알 수 없는 상황이다. ⓒPark Jongmoo

"거북선에서 대포 쏘는 것을 시험하였다."
"식후에 배를 타고 거북선의 지·현자포를 쏘아보았다."

등이 그것이다.

즉 거북선으로 어떤 활동을 했다는 내용만 담담히 일기에 적어두었다. 《조선왕조실록》도 이와 마찬가지여서 거북선의 내부 구조에 대한 구체적 이야기는 찾기 어렵다. 그럼에도 불구하고 내부 구조에 대한 기록을 열심히 찾다보면 일부 발견할 수 있으니.

우선 《해소실기(海蘇實記)》 중에 거북선 묘사가

있지. 앞서 설명했듯 칠천량해전에서 일본군의 포로
가 되었으나 필사의 노력 끝에 일본에서 탈출하여
고국으로 돌아온 김완이 남긴 글이다.

수군절도사 이순신이 거북선을 만들었다. 거북
선의 건조는 다음과 같이 이루어졌다. 배 위에 판자
를 덮어 거북 모양처럼 만들었고 그 등마루에는 열
십자 모양의 통로를 만들어놓아 통행하기가 용이하
도록 하였다. 그 외 여백의 자리에는 칼과 송곳을 빽
빽하게 꽂아놓았다. 배의 앞에는 용의 아가리를 만
들어 총구로 사용하고 뒤에는 거북의 꼬리를 달았

다. 꼬리 아래의 총구멍에도 총구를 만들어놓았다.

그 밑에는 사면의 공간이 있는데, 그곳에서 포를 발사하면 빠르기가 천을 짜는 북(梭子)과 같다. 거북선의 등 위에는 엮은 풀을 깔아 송곳과 칼이 보이지 않게 하였다. 갑판 위에 도선하면 송곳과 칼에 찔리고, 만약 포위를 하게 되면 화포가 함께 발사되어 무찌르니 신비하고 절묘하기가 이루 말할 수 없었다. 그러므로 이 거북선이 향하는 곳에서는 번번이 승전하였다.

《해소실기(海蘇實記)》 김완

다음으로 이순신의 조카 이분(李芬, 1566~1619)이 남긴 글에도 거북선 내부의 묘사가 남아있으니.

공(충무공)이 수영에 있을 때 왜구가 반드시 쳐들어올 것을 알고, 본영 및 소속 포구의 무기와 기계들을 수리, 정비하고 쇠사슬을 만들어 앞바다를 가로막았다. 그리고 또 전선을 만드니, 크기는 판옥선만 한데, 위에는 판자로 덮고, 판자 위에 십자 모양의 좁은 길을 내어 사람이 다닐 수 있게 하고, 나머지 부분은 모두 칼과 송곳을 꽂아 사방으로 발붙일 곳이 없도록 했으며, 앞에는 용머리를 만들어 입은 총혈(銃穴)이 되게 하고, 뒤는 거북 꼬리처럼 되었는

현재 복원된 모습일 뿐 거북선의 외관 역시 학자들마다 다양한 의견
이 존재한다. ©Park Jongmoo

데 그 밑에도 총혈이 있으며, 좌우에 각각 여섯 개의
총혈이 있다.

대개 그 모양이 거북의 형상과 같아 이름을 '귀
선'이라 하였다. 뒷날 싸울 때에는 거적으로 송곳과

칼 위를 덮고 선봉이 되어 나아가는데, 적이 배에 올라와 덤비려 들다가는 칼, 송곳 끝에 찔려 죽고, 또 적선이 포위하려 하면 좌우 앞뒤에서 일제히 총을 쏘아 적선이 아무리 바다를 덮어 구름같이 모여들어도 이 배는 그 속을 마음대로 드나들어 가는 곳마다 쓰러지지 않는 자가 없기 때문에 전후 크고 작은 싸움에서 이것으로 항상 승리한 것이었다.

《충무공행록》 이분

참고로 이분은 임진왜란 시절 작은 아버지인 이순신을 도와 진중에서 문서 처리 및 명나라 장수 접대 때 필요한 여러 일을 맡았다. 그리고 임진왜란이 끝난 후인 1608년, 마침내 과거 시험 문과에 병과 9등으로 합격하였으나 이순신 못지않은 남달리 강직한 성격 덕분에 곤욕을 많이 치렀다고 전한다.

이외에도

조선의 거북선은 돛대를 세우고 눕히기를 임의로 하고 역풍이 불건, 퇴조 때이건 마음대로 간다.

《해방의(海防義)》 명나라 화옥(華鈺)

등 거북선 돛대에 대한 기록이 일부 남아있지.

이렇듯 동시대 사람들이 남긴 거북선에 대한 기

록에 따르면

1. 거북선은 판옥선 크기에 위는 판자를 덮었고,

2. 판자 위로는 십자로 길을 내어 사람이 다닐 수 있었는데,

3. 십자 길 외에는 칼과 송곳을 꽂아 함부로 적이 오르지 못하게 하였다.

4. 배 앞머리에는 용머리를 두었고 여기서는 포가 발사되었다.

5. 배 앞, 뒤, 옆면 4곳에서 포를 쏠 수 있어, 설사 적에게 포위되어도 공격이 가능했다.

6. 돛대는 세우고 눕히는 것이 자유롭기에 전투 때에는 기동성을 위해 돛을 내리고 노만으로 움직였다.

이러한 기록을 바탕으로 학자들은 거북선이 전투 때 돌격선 역할을 한 것으로 파악한다. 작은 판옥선 크기에 덮개를 씌워 적의 공격을 적극적으로 방어할 수 있게 한 만큼 다른 군선들보다 적선에 더 가까이에 붙을 수 있었으니까. 이에 거북선은 최대한 적 가까이로 다가가 명중률 높은 포 사격을 하며 적의 움직임을 제약시켰고, 그동안 여러 판옥선은 뒤따라 이동하며 적을 섬멸하였다. 지금 기준으로 본다면 마치 탱크 같은 역할을 한 것이 아닐까 싶다. 탱크 역시 방어를 위해 포에 방어벽을 두른 채 전진하며 움

직이도록 하였으니, 개념이 유사하거든.

그 결과 일본군은 거북선에 대한 두려움이 남달랐다. 자신들이 아무리 조총과 화살로 공격해도 조선군의 선봉에 서서 끄떡없이 다가와 포와 화살을 발사하던 모습이 인상적이었던 모양.

화살이 닿을 만큼 가까워지니 일본군은 뱃전을 나란히 하고 있던 수백 정의 배의 철포를 동시에 '쿵' 하고 발사하고는 연기 아래에서부터 돌진하여 앞을 다퉈 나아가는데, 조선군은 그 거북선을 나란히 세워 금세 해상에 한 채의 성을 세운 것처럼 한 명의 병사도 피해를 입지 않았다. 이 배의 총안에서 발사되는 화살은 비가 내리는 것보다 더 많았다.

《회본태합기》

그 두려움은 일본의 역사 소설 《회본태합기》에 등장하는 거북선의 묘사를 통해서도 알 수 있지. 이렇듯 거북선은 한반도뿐만 아니라 일본에서도 신화처럼 기억된다.

거북선 탐사

지금까지 살펴보았듯 임진왜란 때 맹활약한 거북선임에도 내부 구조에 대한 기록이 부족한 만큼 구체적으로 어떤 디자인이었는지는 여전히 비밀에 싸여있다. 어느 정도냐면 거북선 내부가 2층 구조였는지, 3층 구조였는지 주장이 대립 중이며, 거북선에서 사용하던 노 역시 서서 젓는 노였는지 앉아서 젓는 노였는지 주장이 대립 중이니까. 또한 여러 주장을 근거로 한 다양한 상상도 역시 계속 등장하고 있다. 즉 지금 눈앞에 보이는 통영 앞바다의 거북선도 정확한 모습으로 보기 어렵다는 의미. 실제로도 잘못된 복원이라 비판하는 의견마저 상당하거든.

그래서일까? 현대 들어와 아예 거북선을 인양하여 그 형태를 복원해보자는 주장이 등장하기에 이른다. 마침 원균이 만들어낸 사상 최악의 칠천량해전에서 거북선을 포함한 군선 백여 척이 침몰했으니, 이를 바다에서 직접 찾아보자는 것. 무엇보다 칠천량 주변 바다의 수심은 20~30m에 불과하고 갯벌의 두께가 무려 3~4m에 이르는 만큼 좋은 결과가 나올

목포 해양유물전시관. ©Park Jongmoo

수 있다는 희망이 있거든. 갯벌은 공기를 차단하는 효과가 있기에 묻힌 나무 등을 오랜 기간 보존할 수 있으니까.

그 대표적인 예로 목포 해양유물전시관에 있는 서해와 남해의 갯벌에서 발견한 목조 선박을 들 수 있다. 지금까지 통일신라, 고려, 조선 더 나아가 원나라 배 등 총 14척의 난파선이 한반도 바다 갯벌에서 발견되었다. 이 중 1323년 침몰된 원나라 상선인 신안선이 해당 박물관의 주요 전시 내용이지. 길이 34m에 다다르는 거대한 배 구조물은 지금 보아도 장관이다.

마찬가지로 스웨덴에서는 1628년 침몰한 길이 62m, 높이 50m의 자국 전함인 바사(Vasa) 호를 1961

목포 해양유물전시관. 신안선 전시. ⓒPark Jongmoo

년 인양하여 수십 년 간 보존을 위한 작업을 거쳤다.
그렇게 복원된 배는 1990년부터 비사호 박물관(Vasa
Museum)을 만들어 전시 중. 배 한 척이 바다에 남긴
유물만으로 엄청난 관광 자원을 만든 것이며, 그런
만큼 관람객 역시 엄청나게 많다고 하더군. 아무래
도 선박 중에서도 가장 인기 높은 전함인 데다 당시
침몰 사건이 워낙 유명하였기에 현재도 대단한 인기
를 누리는 모양.

이처럼 바다 속 유물을 조사하는 학문을 소위 '수
중 고고학' 이라 부른다. 비단 국내뿐만 아니라 세계

적으로도 점차 관심과 인기를 얻고 있는 고고학 분야이기도 하지. 그렇다면 16세기 후반 침몰한 거북선, 판옥선을 발견하여 인양한다면 과연 어떤 효과가 나올까?

거북선이든 판옥선이든 길이 25~32m, 높이 5.5m에 다다르는 군선이 칠천량 주변 갯벌에서 발견되는 순간, 엄청난 뉴스가 될 것이 분명하다. 무엇보다 조사하는 과정에서 과거 선박 구조를 제대로 확인할 수 있겠지. 2층, 3층 설부터 노 형태까지 수많은 의문이 풀리는 순간이라 하겠다. 당연히 오랜 조사 끝에 복원된 배는 아예 박물관 하나를 건립하여 전시될 것이다. 특히 임진왜란, 더 나아가 이순신과 연결할 수 있는 유물인 만큼 전국에서 모이는 어마어마한 숫자의 관람객은 기본일 테고, 임진왜란이 삼국이 개입한 전쟁인 만큼 비단 한국뿐만 아니라 일본, 중국 등 외국인의 방문도 상당하겠지.

누구든 이런 그림이 자연스럽게 그려지는 만큼 여러 차례 도전은 실제로 이어졌다. 우선 문화공보부가 1973년부터 1978년까지 칠천량 주변을 탐사했으나 실패하였고, 1998년에는 해군이 중심이 되어 발굴 조사를 했으나 역시나 실패했다. 2008~2009년에는 경상남도 주도로 첨단 장비를 동원하여 다시금 조사하였지만 또다시 실패하고 말았다. 참으로 아쉽네. 그러나 개인적으로는 저 바다 어딘가에 분명 거북선, 판옥선의 비밀이 숨겨져 있을 것이라 생각하고 있다. 침몰된 위치를 알 수 없어 일을 진행하기 어려울 뿐.

한편 국내의 침몰된 배가 발견될 때마다 어선이 큰 역할을 했던 만큼 언젠가 어선이 무언가를 건져낸다면 조사에 활기가 생길 듯싶군. 1976년 발견된 신안선도 뜻밖에 어선이 그물을 올리는 중 상선에 실은 도자기 일부가 건져지며 알려졌고, 이외에도 여러 침몰된 선박 역시 어선의 그물이 발견에 큰 역할을 했거든. 즉 어선에 의해 임진왜란 때 사용한 화포, 무기 등이 남해 바다에서 건져지는 순간, 전국적인 관심 아래 대규모 자원이 투입되는 계기가 만들어질 것이다. 그렇게 주변 해양을 샅샅이 뒤지다보면 배의 흔적을 결국 찾아내지 않을까?

그래. 그런 날이 가까운 시일에 일어나길 바라며 오늘 여행은 마감해야겠다. 피곤하네. 언덕 위 호텔까지 슬슬 걸어가기로 하고 내일 마지막 여행을 즐겨야겠다.

7

해저터널

기묘한 전설

스탠포드호텔에서 마지막 날을 보낸 후 택시를 타고 이제 통영해저터널 가까이 왔다. 아침을 호텔 조식으로 채웠더니 매우 든든하군. 아무래도 이번 여행은 한산도가 펼쳐진 훌륭한 호텔이라 오래오래 기억에 남을 듯하다. 다음에도 방문할 수 있을까? 글 쎄. 비싸서. 하하. 그럼 현재 시간이 오전 9시 20분이 니 마지막 날 여행도 즐겁게 시작해볼까.

해저터널 입구에 다가가자 용문달양(龍門達陽)이 라는 현판이 보인다. 이는 중국 고사로서 "수중 세계 를 지나 육지에 다다른다."는 의미를 지니고 있다. 해당 현판은 터널이 만들어진 후 통영 군수였던 야 마구치 아키라가 쓴 글. 야마구치 하니, 일본인 이름 같은데? 맞다. 이곳 통영의 볼거리 중 하나로 유명한 통영해저터널은 다름 아닌 일제 강점기 시절 만들어 진 콘크리트 터널이거든.

수많은 일본인이 통영의 어업을 노리고 이주해 살던 시절인 1927~1932년에 건설됐다. 길이 461m, 높이 3.5m, 너비 7m로 바다 아래를 통과해 통영 남

(위) 해저터널 지상에 있는 충무교와 통영대교(곡선 다리). (아래) 용문달양(龍門達陽)이라는 현판이 씌어 있는 해저터널 입구. ⓒPark Jongmoo

북을 이동할 수 있지. 다만 바다 아래를 통과함에도 외부를 볼 수 없게 완전히 콘크리트로 둘러싼 터널이라 그런지 으스스한 느낌마저 든다. 만일 지금 이런 터널이 만들어진다면 위 부분은 유리로 만들어서 바다를 눈으로 볼 수 있게 만들었을 테지만. 뭐 지금과는 기술 차이가 있으니까.

그럼에도 주위를 보아하니 편의성 때문인지 몰라도 관광객뿐만 아니라 통영 시민 역시 자연스럽게 사용하는 듯하다. 통영시 남북을 도보로 이동하는 데 매우 편리하니까. 가만 생각해보니 터널이 만들어진 지 어느덧 100년 정도가 되었구나.

참고로 통영은 북쪽의 반도에 위치한 도시와 남쪽의 미륵도에 위치한 도시로 크게 구분되는데, 두 지역 사이에는 바다가 흐르고 있다. 특히 폭이 좁은 장소의 경우 지금은 정비 사업을 하여 나름 45m 폭의 바다가 펼쳐져 있지만, 조선 시대만 하더라도 썰물이면 바닥이 드러나고 밀물이면 물이 올라와 작은 배가 지나다닐 수 있는 얕은 바닷길이었다고 한다.

이에 조선 시대에는 남북 이동의 불편함을 해소하고자 얕은 바닷길에다 나무로 된 다리를 건설하였지만 아무래도 재료의 한계가 있었는지 철거와 재건이 되풀이되었다고 한다. 그러다 1915년, 통영에 살던 김삼주(金三柱)의 기부로 비로소 단단한 돌로 만

터널 내부에 전시된 사진. (위) 굴량교. (아래) 착량교.

든 아치형 다리가 만들어졌다. 그렇게 여러 번 세워
진 나무다리부터 돌다리까지를 소위 착량교(鑿梁橋)
라 불렀다.

　그러나 시간이 흘러 일제 강점기에 이르러 통영

남북을 흐르는 바닷길을 넓혀서 운하로 만드는 계획이 진행되었다. 1.4km 길이의 좁은 바닷길을 너비 45~55m로 크게 넓혀 큰 배도 이동할 수 있도록 만든 것이다. 이를 위해 공사 기간은 1928년부터 1932년까지 이어졌다. 이로써 미륵도를 돌아 배가 이동하는 것이 아닌 통영을 가로지르는 운하를 통해 빠른 이동이 가능해졌다. 당연히 운하를 만드는 동안 착량교는 헐려 사라지고 말았지.

운하를 계획한 만큼 기존의 돌다리를 대신하여 통영 남북을 이어줄 터널 착공을 시작했으니, 이렇게 동양 최초의 바다 터널이 만들어졌다. 나름 마차와 자동차도 이동할 수 있도록 7m의 넓은 폭으로 만들었다고 하던데, 지금은 터널 양옆으로 상수관을 설치하면서 폭이 5m로 줄어 보행 길로만 사용 중. 마침 이곳 터널 안에는 과거 공사 때 사진이 곳곳에 배치되어 있어 건설 당시의 모습을 확인할 수 있군. 사진을 살펴보니, 과연 어마어마한 규모의 공사였구나.

그런데 터널이 만들어질 때부터 묘한 소문이 통영에 돌았던 모양이다.

한산도대첩 때 이순신에게 패한 일본군 중 일부가 배를 탄 채 도망치다 이곳 얕은 바닷가를 만났다고 한다. 문제는 마침 썰물로 물이 빠질 시점인지라

해저터널 입구와 내부. ©Park Jongmoo

바닥이 거의 드러나 배가 움직일 수 없었던 것. 이에 급히 배에서 내려 땅을 파서라도 물길을 이으려 했지만 실패하여, 많은 일본군이 죽었다는 이야기가 전해지고 있다. 오죽하면 이곳 지명도 '파낸 목'이라 하여 '판데목'이라 불리다 이를 한자로 변형하여 '착량(鑿梁)'이라 부른 것. 이때 착(鑿)은 뚫다·파내다, 량(梁)은 교량을 의미한다. 즉 판데목의 한자식 표현이라 하겠다.

이런 사연이 있다보니, 일본이 자신의 조상들이 죽어 한 맺힌 장소를 조선인들이 감히 위로 밟고 지나갈 수 없도록 터널을 만들었다는 괴소문이 돈 모양이다. 실제로 일본은 터널을 만든 후 '태합굴'이라는 이름을 붙였다. 그렇다. 어제 언급한 《회본태합기(繪本太閤記)》가 도요토미 히데요시 일대기인 것처럼 태합＝도요토미 히데요시를 의미하므로 태합굴은 즉 도요토미 히데요시 굴이라는 말. 그런 만큼 이순신에게 패한 한산도대첩의 복수를 근대 들어와 제대로 갚았다는 뜻을 지니고 있었다. 그래서인지 운하 때문이 아니라 자신들의 과거 역사의 한을 풀기 위해 터널을 뚫었다는 이야기가 마치 도시 전설처럼 지금까지 이어지는 중.

하지만 세월이 더 지나 한반도가 독립하니, 본래 착량교가 있던 장소에는 1967년 이순신의 시호인 충무를 본떠 충무교가 만들어졌다. 과거 사라진 돌다리도 충무교처럼 나름 아치형 디자인을 갖춘 다리였지. 또한 태합굴 역시 2005년부터 통영해저터널로 바뀌어 불리게 되었으니, 다시 되찾은 강토를 상징하는 모습이 아닐까 싶군. 이처럼 이 주변은 한일 간 자존심이 느껴지는 공간으로 여전히 남아있다.

착량묘

터널에서 나와 골목길을 따라 착량묘(鑿梁廟)로 이동한다. 착량묘라는 명칭에 묘가 있어 무덤처럼 느껴질지 모르나 사실 무덤이 아니고 사당이다. 무덤 묘(墓)가 아니라 사당 묘(廟)가 사용되었거든. 그럼 누구의 사당이냐면 바로 이순신의 사당이지. 노량해전에서 전사한 직후인 1599년, 그를 기억하던 통영 지역민들이 자발적으로 착량 언덕 위에 사당을 건립한 것이 지금까지 이어오고 있는 것.

그럼 이김에 이순신 이야기를 더 이어가보기로 할까?

칠천량해전 소식을 들은 선조를 비롯한 중앙 정부는 말 그대로 난리가 났다. 임진년 때 이순신에 의해 완벽히 저지당한 일본군의 수륙 동시 작전이 이제는 가능해졌으니까. 이는 곧 일본 육군이 수군을 통해 물자 지원을 받을 수 있는 상황이 된 것이니, 당연히 최악의 그림이 그려질 수밖에 없었다. 뿐만 아니라 원균이야 그렇다 치더라도 그동안 이순신과 함께 조선 수군을 지탱하던 전라우수사 이억기마저 칠천량해전에서 전사하였으며, 군선 역시 대부분 사라졌기에 남해 바다는 이제 완전히 일본 것처럼 보였다.

한편 이 시점 이순신은 파직된 채 한양으로 이송되어 고신(拷訊), 즉 자백을 강요하기 위한 고문을 당하는 등 죽음의 문턱에 있다가 정탁(鄭琢, 1526~1605)과 이원익의 적극적인 구명과 만류를 통해 목숨을 구할 수 있었지. 덕분에 권율 휘하로 백의종군을 지시받는다. 그렇게 이순신은 권율 휘하로 배속되어 남으로 이동하던 중 슬픈 일을 당한다. 83세의 어머니가 아들을 만나기 위해 오던 중 그만 배에서 돌아가시고만 것. 아들 걱정에 지병이 있음에도 무리하여 움직이다 벌어진 안타까운 사건이었다. 소식을 들은 이순신은 크게 슬퍼한다.

조금 있으니, 종 순화(順花)가 배에서 와서 어머니의 부고를 전했다. 뛰쳐나가 가슴 치며 발을 동동 굴렀다. 하늘이 캄캄했다.

《난중일기》 이순신 정유년(1597) 4월 13일

어머니를 입관하고 장례식을 치른 후 힘겹게 몸을 이끌고 도원수 권율이 있는 합천까지 온 그는 오랜만에 휴식을 취할 수 있었다. 권율은 이순신을 진

심으로 대하며 편하게 지내도록 하였거든. 하지만
뜻밖의 소식이 얼마 뒤 도착했다.

"16일 새벽에 수군이 몰래 기습 공격을 받아 통
제사 원균, 전라우수사 이억기, 충청수사 최호 및 여
러 장수와 많은 사람들이 해를 입었고, 수군이 대패
했다."고 했다. 들자 하니 통곡함을 참지 못했다. 조
금 있으니, 원수(권율)가 와서 말하되, "일이 이 지경
으로 된 이상 어쩔 수 없다."고 말하고, 사시(巳時;
오전 9~11시)가 되어도 마음을 정하지 못했다. 나는
"내가 직접 연해안 지방으로 가서 보고 듣고 난 뒤
에 이를 결정하는 것이 어떻겠는가?"라고 말하니,
원수가 기뻐하여 마지않았다.

《난중일기》 이순신 정유년(1597) 7월 18일

칠천량해전 소식이 권율의 진영에 도착한 것이
다. 하루아침에 거의 모든 것이 사라져버린 놀라운
패전이었다. 이에 권율의 동의 아래 이순신은 백의
종군 신분임에도 불구하고 경상도부터 전라도까지
해안 지역을 직접 둘러보며 방비책을 고민해보기로
했다. 그런데 그가 움직이자 점차 사람들이 모이기
시작하더니, 장흥 회령포에 이르러 칠천량해전에서
겨우 살아남은 12척의 판옥선까지 얻었다.

한편 이순신이 바쁘게 움직이는 도중 선조가 보낸 문서가 도착했다. 그 내용을 그대로 한 번 읽어보자.

충청·전라·경상 등 삼도수군통제사 이순신에게 내리는 교서

왕은 이와 같이 이르노라. 어허! 국가가 의지하여 보장을 삼는 것은 오직 수군뿐인데 하늘이 아직도 화 내린 것을 후회하지 않아 흉한 칼날이 다시 번뜩여 마침내 삼도의 큰 군사들이 한 번 싸움에 모두 없어지니 그 뒤로 바다 가까운 여러 고을들을 그 누가 막아주랴. 한산을 이미 잃어버렸으매 적이 무엇을 꺼리리오.

눈썹이 타는 듯 위급이 바로 닥쳐온 이제 눈앞에 당장 세워야 할 방책은 다만 흩어져 도망간 군사들을 불러들이고 또 배들을 거두어 모아 급히 요해지에 웅거하여 엄연히 큰 진영을 짓는 것밖에 없나니 그러면 도망갔던 무리들이 돌아올 곳 있음을 알 것이요. 또 한창 덤비는 적들도 막아낼 수가 있을 것인데 이 일에 책임질 사람이야말로 위엄과 은혜와 지혜와 능력이 있어 평소에 안팎으로부터 존경을 받던 이가 아니면 어찌 능히 이 책임을 이겨낼 수 있을 것이랴.

생각건대 그대는 일찍 수사 책임을 맡기던 그날 벌써 이름이 드러났고 또 임진년 승첩이 있은 뒤부터 업적이 크게 떨치어 변방 군사들이 만리장성처럼 든든히 믿었는데 지난번에 그대의 직함을 갈고 그대로 하여금 백의종군하도록 하였던 것은 역시 사람의 모책이 어질지 못함에서 생긴 일이었거니와 그리하여 오늘 이같이 패전의 욕됨을 만나게 된 것이라 무슨 할 말이 있으리오. 무슨 할 말이 있으리오.

이제 특히 그대를 상복을 입은 채로 기용하는 것이며 또한 그대를 평복 입은 속에서 뛰어올려 도로 옛날같이 전라좌수사 겸 충청·전라·경상 등 삼도 수군통제사로 임명하노니 그대는 도임하는 날 먼저 부하들을 불러 어루만지고 흩어져 도망간 자들을 찾아다가 단결시켜 수군의 진영을 만들고 나아가 요해지를 지켜 군대의 위풍을 새로 한 번 떨치게 하면 이미 흩어졌던 민심도 다시 안정시킬 수 있으려니와, 적 또한 우리 편의 방비 있음을 듣고 감히 방자하게 두 번 쳐 일어나지는 못할 것이니 그대는 힘쓸지어다.

수사 이하는 모두 다 지휘 관할하되 일에 다다라 규율을 범하는 자가 있다면 일체 군법대로 처단하려니와 그대의 나라 위해 몸을 잊고 시기 따라 나가고 물러옴 같은 것은 이미 다 그 능력을 겪어보아 아는 바이니 내 구태여 무슨 말을 많이 하리요. 어허! 저 오나라 때의 장수 육항이 국경의 강 언덕을 두 번째 맡아 군략상 할 바 일을 다 했으며, 또 저 왕손이 죄수의 명목에서 일어나 능히 적을 소탕하는 공로를 세운 것같이 그대는 충의의 마음을 더욱 굳건히 하여 나라 건져주기를 구하는 소원을 풀어주기 바라면서 이에 조칙을 내리노니 그렇게 알지어다.

만력25년(1597) 7월 23일

'기복수직교서(起復授職敎書)'

선조의 뜻에 따라 7월 23일 만들어진 문서는 8월 3일에 이르러 이순신에게 도착하였다. 이로서 제3대 삼도수군통제사가 된 이순신. 흥미로운 점은 해당 문서를 찬찬히 살펴보면 선조가 그를 달래기 위해 참으로 애쓴 흔적이 많이 보이네. 이순신에 대한 여러 칭찬과 더불어 간곡히 충성과 승리를 요구하는 모습이 그러하다.

한때 가토 기요마사의 상륙을 저지 못했다 하여 죄를 묻는 것만으로는 근거가 조금 부실하다 여겼는지, 그동안 있었던 일을 하나하나 꼬투리 잡아 이순신의 죄를 부풀리려 노력한 선조. 이를 위해 상황을 객관적으로 살펴보기보다 왕의 분노를 강력히 표현하고 신하들의 동조를 구하는 등 여론 재판을 통해 이미 죄인으로 만들어놓은 채 반드시 그를 죽이려는 의도를 여실히 보였다. 분위기가 얼마나 험했는지 오죽하면 이순신과 남다른 관계였던 류성룡마저 이순신의 죄를 묻는 선조의 의도에 동조할 수밖에 없었다. 정말로 정탁과 이원익 등이 목숨을 걸고 변호하지 않았다면 큰일날 뻔한 것이다.

하지만 선조가 이순신 대신 뽑은 원균이 최악의 패전으로 무너지고 조선이 다시금 큰 위기에 봉착하자 이번에는 위처럼 달래는 글을 보낸 것이니, 이때 이순신은 개인적으로 선조를 어찌 생각했을까? 《난중일기》에도 전혀 나오지 않아 알 수 없군. 하긴 혹시 압수당할지도 모르는 일기에다 그런 심정까지 쓸 수 없었겠지. 선조라는 위인의 그릇을 볼 때 일기 내용에서 꼬투리를 잡아 죽이려 들지 모르니.

하지만 분명한 점은 선조의 명이 내려오기 전부터 백의종군 신분으로 패배 후 수습에 전념한 이순신인 만큼 나라와 백성을 위해 자신의 몸을 던지겠다는 의지가 분명했다는 것이다. 속 좁은 나 같은 인간은 감히 도달할 수 없는 경지가 아닐까 싶다.

신에게는 아직 12척의 배가 남아 있습니다

높은 계단을 따라 올라가니, 착량묘 입구다. 이순신이 돌아가신 음력 11월 19일마다 제사를 지낸다는 이곳에서 바라보니 한산도에서 패전한 일본군이 도망치다 몰살됐다는 통영 운하 주변이 펼쳐 보이는군. 안으로 들어서자 건물 내부에서 엄숙한 기운이 절로 느껴졌다. 그래서일까? 이순신 이름 석 자가 주는 위엄이 더욱 남다르게 다가온다.

이곳에 도착하여 가만 기억해보니, 초등학교 시절 나는 누가 시킨 것도 아니건만 이순신 일대기를 일일이 하얀 종이에 그림으로 그리고 그 아래에 글을 쓴 뒤 이를 실로 묶어 책처럼 만든 적이 있었다. 이렇게 만든 책은 이순신 외에도 김유신, 강감찬 등으로 계속 이어졌지. 지금은 사라졌으나 허접한대로 나름 인생 첫 책이 아닐까 싶군. 한편 해당 책에는 주요 장면마다 제목을 달아두었는데, 그중 가장 기억에 남는 제목이 다름 아닌 "신에게는 아직 12척의 배가 남아있습니다." 였다. 어릴 때부터 해당 문장이 무척 멋지게 느껴진 모양.

착량 언덕 위에 세운 이순신 사당, 착량묘(鑿梁廟)
©Park Jongmoo

이렇듯 대한민국 사람이라면 초등학생부터 알고 있는 "신에게는 아직 12척의 배가 남아 있습니다." 이는 다시 삼도수군통제사가 된 이순신이 선조에게 올린 장계에 등장한다.

> 공(公; 이순신)이 장계에 가로되.
>
> 임진년 이래로 5~6년 간 적이 감히 양호(兩湖; 충청, 전라)로 직접 돌격하지 못한 것은 수군이 그 길을 막았기 때문이었습니다.
>
> 신에게는 아직 12척의 배가 남아 있습니다. 이를 통해 사력을 다해 적과 싸운다면 아직 이길 희망이 있사옵니다. 지금 만일 수군을 모두 폐하면 적은 이를 다행으로 여겨 양호의 오른쪽(湖右; 서해 바다)을 따라 한수(漢水; 도성)에 이를 것이오니, 이는 신이 가장 두려워하는 바입니다.
>
> 전선(戰船)이 비록 그 수가 적으나, 미천한 신이 죽지 않은 한, 적은 감히 우리를 업신여기지 못할 것이옵니다.
>
> '상유십이'(尙有十二) 장계

문제는 남아있는 수군 전력이 겨우 판옥선 12척에 불과한 상황이라는 점. 이에 이순신만으로는 믿기 힘들어 조선 정부에서는 급한 대로 명나라 수군

(위) 착량묘. 노량해전에서 전사한 직후인 1599년, 그를 기억하던 통영 지역민들이 자발적으로 착량 언덕 위에 건립한 사당. (아래) 착량묘에 있는 이순신 영정. ©Park Jongmoo

의 지원을 요청한 상황이었다. 바다를 방어 못하면 정말로 한양까지 적이 또다시 밀려올 수 있기 때문. 이 과정에서 임진년처럼 왕이 도성을 또다시 비우고 도망친다면 조선 왕실의 권위는 더 이상 유지되기 어려웠다. 그러자 명나라에서는 수군 지원을 약속하면서 무너진 남해 대신 강화도에 조선, 명 수군을 모아 방어 하자는 의견을 보였다. 급한 대로 한양만 우선 지키자는 의도였다.

명나라 제독 마귀가 말하길

"듣건대 명나라 수병(水兵)이 이미 지난달 27일에 의주(義州)에서 출발하였다고 하니, 한산도의 남은 배를 모아 이순신으로 하여금 강화도 등에서 천병(天兵; 명나라 수병)과 힘을 합하여 기회를 보아 진격하든지 퇴각하든지 하게 하는 것이 좋겠습니다." 하였다.

상이 말하기를, "분부대로 하겠습니다. 다만 수병이 흥양(興陽; 전라남도 고흥) 땅을 지키고 있는데, 만약 강화도로 불러 돌아오도록 하면 충청도와 전라도 지방에 방어하는 곳이 없게 되어 왜적이 침범할 우려가 있을까 두렵습니다.

제독이 말하기를, "(중략) 이순신이 흥양(興陽)을 지키고 있다면 그곳도 역시 긴요하므로 불러올 수

없으니 예전대로 경계를 지키도록 하고, 배를 많이
모아 중국 병사를 도와주도록 하십시오."

《조선왕조실록》 선조 30년(1597) 9월 5일

하지만 일본군은 바보가 아니었다. 이미 정찰병
을 통해 조선 수군이 겨우 10여 척에 불과함을 알고
있었거든. 그런 만큼 일본은 명나라 수군의 지원이
오기 전에 승부를 볼 결심이었다. 아무리 천하의 이
순신일지라도 불과 12척으로 무엇을 하겠는가? 남
은 조선 수군마저 박살내서 바다를 완전히 장악하
겠다는 의지에 불타올랐다.

> 왜놈들이 모여 의논하는 말이,
> "조선 수군 십여 척이 왜선을 추격하여 사살하
> 고 불태웠으므로 할 수 없이 보복해야 하겠다. 분하
> 다. 각 처의 배를 불러 모아 조선 수군들을 모조리
> 죽인 뒤에 한강으로 올라가겠다."고 하였습니다.

《난중일기》 이순신 정유년(1597) 9월 14일

하지만 이순신은 일본과의 소규모 전투에서 계
속 승리를 얻으며 아군 사기를 높이는 중 정탐꾼도
꾸준히 보내 적진의 상황을 훤히 꿰뚫고 있었다. 그
결과 이번에 동원된 일본군 숫자가 상당함을 알게

되자 소수의 아군으로 적을 막을 수 있는 장소인 울돌목으로 병력을 이동하기로 했다. 그 과정에 또다시 유명한 말을 남겼다.

병법에 "반드시 죽고자 하면 살고 살려고만 하면 죽는다."고 했다. 또 "한 사람이 길목을 지키면, 천 사람이라도 두렵게 한다."고 했으니, 지금 우리를 두고 한 말이다. 너희 여러 장수들은 살려는 생각을 하지 마라. 조금이라도 명령을 어기면 군법으로 다스릴 것이다.

《난중일기》 이순신 정유년(1597) 9월 15일

여기서 "좁은 길목을 막으면 된다면서 죽고자 하면 살고 살려고 하면 죽는다."는 이순신의 명언이 등장하지. 그렇게 지금의 해남과 진도 사이의 좁은 물길인 울돌목에서 이순신은 그 사이 한 척 더 모아 총 13척으로 일본 수군이 몰고 온 133척과 대결을 펼쳤다. 배 규모가 무려 10배 차이인지라 누가 보아도 가망 없어 보였지만 놀라운 일이 벌어졌다.

9월 16일 (갑진) 맑다.
아침에 망을 보던 병사들이 나와서 보고하는데, 적선이 헤아릴 수 없을 만큼 많이 울돌목을 거쳐 진

울돌목. ©Park Jongmoo

치고 있는 곳으로 곧장 온다고 했다.

곧 여러 배에 명령하여 닻을 올리고 바다로 나가니, 적선 133척이 우리의 여러 배를 에워쌌다. 대장선(이순신이 탄 배)이 홀로 적진 속으로 들어가 포탄과 화살을 비바람같이 쏘아대건만 여러 배들은 관망만 하고 진군하지 않아 사태가 장차 헤아릴 수 없게 되었다. 여러 장수들이 적은 군사로써 많은 적을 맞아 싸우는 형세임을 알고 돌아서 피할 궁리만 했다. 우수사 김억추가 탄 배는 물러나 아득히 먼 곳에 있었다.

나는 노를 바삐 저어 앞으로 돌진하여 지자총통·현자총통 등 각종 총통을 어지러이 쏘아대니, 마치 나가는 게 바람 같기도 하고 우레 같기도 하였다. 군관들이 배 위에 빽빽이 서서 빗발치듯이 쏘아대니, 적의 무리가 감히 대들지 못하고 나왔다 물러갔다 하곤 했다. 그러나 적에게 몇 겹으로 둘러싸여 앞으로 어찌 될지 알 수 없었다. 사람들이 서로 돌아보며 얼굴빛을 잃었다. 나는 침착하게 타이르면서, "적이 비록 1000척이라도 우리 배에게는 감히 곧바로 덤벼들지 못할 것이다. 일체 마음을 동요치 말고 힘을 다하여 적선에게 쏴라."고 하고서, 여러 장수들을 돌아보니, 여전히 물러나 먼 바다에 있었다.

나는 배를 돌려 군령을 내리자니 적들이 더 대어들 것 같아 나아가지도 물러나지도 못할 형편이었

해남

조선 수군 판옥선 13척

울돌목

진도

일본 수군 군선 133척

울돌목. 명량해전에서 두 나라의 병력이 맞붙는 장소.

다. 호각을 불어서 중군에게 명령하는 깃발을 내리
고 또 초요기를 돛대에 올리니, 중군장미 조항첨사
김응함의 배가 차차로 내 배에 가까이 오고, 거제현
령 안위의 배가 먼저 왔다.

나는 배 위에 서서 몸소 안위를 불러 이르되, "안
위야, 군법에 죽고 싶으냐? 도망간다고 해서 어디 가
서 살 것 같으냐?"고 하니, 안위가 황급히 적선 속으
로 돌입했다. 또 김응함을 불러 이르되, "너는 중군
장으로서 멀리 피하고 대장을 구하지 않으니, 그 죄
를 어찌 면할 것이냐? 당장 처형할 것이로되, 적세
또한 급하므로 우선 공을 세우게 한다."고 하니, 두
배가 곧장 쳐들어가 싸우자, 적장이 그 휘하의 배 두
척을 지휘하여 한꺼번에 개미 붙듯이 안위의 배로
매달려 서로 먼저 올라가려고 다투었다. 안위와 그

배에 탔던 사람들이 죽을힘을 다하여 몽둥이로 치기도 하고, 긴 창으로 찌르기도 하고, 어지러이 싸우니 배 위의 사람들은 기진맥진하게 된 데다, 안위의 격군 일곱, 여덟 명이 물에 떨어져 헤엄치는데 거의 구하지 못할 것 같았다.

나는 배를 돌려 곧장 쳐들어가 빗발치듯 어지러이 쏘아대니, 적선 세 척이 얼추 엎어지고 자빠지는데 녹도만호 송여종, 평산포대장 정응두의 배가 줄이어 와서 도우며 적을 쏘아 한 놈도 몸을 움직이지 못했다. 항복해온 왜놈 준사(俊沙)는 안골포의 적진에서 투항해온 자이다. 내 배 위에서 내려다보며, "저 무늬 있는 붉은 비단옷을 입은 놈이 적장 마다시입니다."고 하였다.

나는 김돌손으로 하여금 갈고리로 끌어 올리도록 했다. 그러니 준사는 펄쩍 뛰며, "맞습니다. 마다시입니다."고 하였다. 곧 명령하여 토막으로 자르니, 적의 기운이 크게 꺾여버렸다. 이 때 우리의 여러 배들은 적이 다시는 침범해오지 못할 것을 알고 일제히 북을 치며 나아가면서 지자총통·현자총통 등을 쏘고, 또 화살을 빗발처럼 쏘니, 그 소리가 바다와 산을 뒤흔들었다. 우리를 에워싼 적선 서른 척을 쳐부수자, 적선들은 물러나 달아나버리고 다시는 우리 수군에 감히 가까이 오지 못했다. 그곳에 머

해남 명량대첩비, 보물 503호, ©Park Jongmoo

무르려 했으나 물살이 무척 험하고 형세도 또한 외로고 위태로워 건너편 포구로 새벽에 진을 옮겼다가, 당사도(무안군)로 진을 옮기어 밤을 지냈다. 참으로 천행이다."

《난중일기》 이순신 정유년(1597) 9월 16일

불과 13척의 조선 수군이 133척의 일본 수군을 꺾어버린 대사건. 이것이 바로 명량대첩이니 이로써 조선은 칠천량해전의 패배를 일본에게 완벽히 되갚아주었다. 이는 최악의 상황에서도 아군에게 유리한 장소를 찾아 전투를 준비한 이순신의 전략과 더불어 반드시 이기겠다는 의지가 만든 승리였다. 오죽하면 지금까지도 그 놀라운 업적에 찬사가 이어지는 중.

이후 이순신은 전라남도의 섬인 고금도에다가 통제영을 구축하고 수군을 재건하였고, 소문을 듣고 칠천량해전에서 흩어졌던 패잔병, 군선, 피난민들이 모여들어 이전 한산도 위용을 어느 정도 되찾는다. 더욱이 13척을 이기기 위해 133척을 동원했음에도 패한 일본 수군은 더 이상 이순신을 상대로 싸우고자 하지 않았다. 자신들이 결코 이길 수 없는 상대로 확신해버린 것.

특히 이번 조선 수군의 승리는 남다른 의미가 있었다. 명량의 패전으로 일본의 수륙 동시 진격이라는 작전이 또다시 무너졌거든. 일본 육군은 이번에도 한양 지적인 천안까지 빠르게 진격했지만, 이들을 서해안에서 지원할 해군이 깨지자 겨울철이 되어 물자 부족이 현실화되기 전 미리 남해안으로 후퇴하고 말았으니까. 결국 이번에도 이순신이 조선을 살린 것이다.

이렇듯 한 번도 아닌 두 번이나 벼랑 끝에 있던 한반도를 구해낸 영웅. 그가 바로 이순신이었다.

8

통영시립박물관

박물관이 된 근대 건물

착량묘를 충분히 구경한 만큼 다음 장소로 이동하자. 여기서 걸어서 10분 정도 가면 통영시립박물관이 있으니, 그곳이 다음 목적지다. 나는 여행 때 가능하면 지역 박물관을 가보고자 노력하는데, 해당지역의 역사를 잘 담고 있는 공간인 만큼 도시의 역사와 문화를 더욱 깊이 이해할 수 있기 때문이다. 그렇게 슬슬 거리를 구경하며 걷다보니 어느덧 계단위로 근대식 건물이 보이는군.

이는 1943년 통영군청으로 지어져 1995년까지 사용된 관청 건물로서 2013년에 리모델링한 후 박물관으로 사용중이다. 모습만 봐도 남다른 역사가 담겨있는 근대 건축물 느낌이 든다. 이런 방식으로 박물관 또는 미술관이 된 경우로는 우선 1928년, 법원으로 지어졌으나 지금은 서울시립미술관으로 사용 중인 근대 건축물이 있고, 1925년 경남도청으로 지어졌으나 지금은 동아대학교 석당박물관으로 사용 중인 근대 건축물이 생각나네. 아무래도 부수고 새로만드는 재건축보다 훨씬 훌륭한 옛 건물 사용법이

통영시립박물관. ©Park Jongmoo

아닐까 싶군.

　그렇게 건물로 들어서자 내부 역시 근대 건물의
풍취가 남아있구나. 1층에는 특별전시관이 있고 2층
이 상설전시관이라 하여 2층으로 올라가본다. 가만
보자. 저기~ 통영이라는 도시 이름이 생긴 이유가 설
명으로 붙어있군. 삼도수군통제사가 군대를 두고 지
휘하는 장소를 소위 통제영(統制營)이라 하니 다름
아닌 여기서 통영이 나온 것. 1604년부터 1895년까
지 이곳에 삼도수군통제영이 운영되었다고 하니까.
물론 이순신은 1598년 세상을 떴기에 그 후의 일이
지. 이순신이 삼도수군통제사이던 시기에는 한산도

와 고금도가 통제영이었으니까. 이에 대한 자세한 이야기는 나중에 세병관에 들려 이어가기로 할까?

어업 외에 규모가 작지만 특수한 수공업도 이곳 (통영)의 오랜 전통의 하나다.

《김약국의 딸들》 박경리

통영이 자랑하는 소설가 박경리가 쓴 《김약국의 딸들》에는 위와 같은 표현이 나온다. 구한말에서 일제 강점기까지 배경의 모습이 줄거리인 만큼 소설을 통해 근대 시절 통영의 모습을 알 수 있지. 그런데 이곳 박물관에는 박경리의 표현처럼 유독 다양한 공예품이 전시 중인 것이 눈에 띈다.

이는 사실 통영에 삼도수군통제영이 자리 잡은 후 거대 군사 도시로 발전하며 만들어진 문화였다. 해군 기지가 위치한 만큼 여러 조운선과 화물선이 이곳을 거치면서 거대한 물자가 모였으니, 이를 바탕으로 여러 장인들이 모여 다양한 공예품을 제작한 것.

덕분에 18세기 말만 하더라도 충청도, 전라도, 경상도의 37개 고을과 19개 군진에서 죽류, 기물, 종이류, 과일, 육피류, 목재 등 70여 종 이상의 1차 물품이 이곳으로 조달되었다. 그리고 이런 재료를 바탕으로 여러 종류의 2차 공예품이 이곳 장인들의 손에 만들어져 한양으로 옮겨지기도 했지. 뿐만 아니라 종2품인 삼도수군통제사를 포함한 한양에서 파견된 여러 고위 관료가 이곳에서 지냈으므로 그만큼 고급 물건과 훌륭한 음식 문화가 발전할 수 있었다. 이러한 영향으로 삼도수군통제영이 폐지된 이후에도 통영은 수공업, 공예품이 뛰어난 장소로 이어졌던 것.

그렇다면 통영에 유독 근현대 시절 이름난 작가들이 많이 등장한 이유도 혹시 도시의 부와 관련된 것이 아니려나? 예술적 감각에 영향을 줄 정도로 이곳 지형이 남달리 아름다운 점도 분명 예술인을 배출한 힘이 되었겠지만, 그보다는 물질적으로 풍족한 도시가 만들어낸 문화였을 가능성이 높아 보인다.

오늘 아침 호텔에서 해저터널까지 택시를 탔는데, 기사님과 대화 중 이런 이야기를 들었거든. IMF 때도 통영에는 어업으로 경기가 좋아서 현금이 넘쳤다고 한다. 그런 만큼 어업이나 수공예품의 가치가 지금보다 더 높던 시절에는 풍족한 도시로서 명성이 높았겠지. 근대 시절 경상남도에서 영화관이 가장 먼저 생긴 곳도 다름 아닌 통영이라 하는군.

하지만 2000년대 들어와 가까운 거제도에는 거대한 조선소가 여럿 들어와 크게 발전하였으나, 이곳은 일부 작은 조선소만 들어왔다가 그마저 무너지면서 경제가 예전 같지 않다고 하더군. 그 결과 지금은 통영에 살면서 거제, 진주로 일하러 가는 사람이 매우 많다고 함.

　모름지기 도시에 돈과 사람이 모여야 문화·예술이 성장할 수 있는 기반이 만들어진다. 유독 이름난 예술인이 많이 배출되던 과거의 통영은 바로 그 전성기 시절을 잘 보여준다고 하겠다.

이순신을 그린 세 사람

"음, 그 유명한 이순신 장군 초상이 바로 이 작품 이로군."

통영시립박물관 2층에는 두 점의 이순신 초상이 함께 전시되고 있다. 한 점은 작은 액자 속 푸른 옷을 입고 있고, 다른 한 점은 이보다 2배 정도 큰 크기로 조선 시대 군복의 일종인 구군복(具軍服)을 입고있 군. 흥미로운 점은 두 작품 다 일제 강점기 시절 그려 졌으나 대비되듯 스타일이 다르다는 것.

우선 작은 작품은 수채화로, 큰 작품은 전통 채색 화로 그려졌다. 이 중 수채화 작품은 영국인이자 당 시 여성 화가로 주목받은 엘리자베스 키스(Elizabeth Keith, 1887~1956)가 그렸으며, 전통 채색화는 근현 대 전통 회화를 그린 성재휴(成在烋, 1915~1996)에 의해 그려졌지. 즉 비슷한 시점 서양화 기법으로 그 린 이순신과 전통 채색화로 그린 이순신이 함께 있 는 것이다.

한편 엘리자베스 키스는 근대 시절 일본에 살면 서 한반도와 일본, 중국을 자주 여행하며 인물 및 풍경을 작품으로 여럿 남겼다. 특히 한반도를 배경으로 하는 그림은 큰 주목을 받으면서 지금의 서울인 경성(京城)에서 1921년과 1934년 두 차례 전시가 열릴 정도였다. 그렇게 세월이 흘러 주로 채색 판화로 그려진 그의 작품은 2000년대 이후 한국 미술 경매에서 좋은 가격에 낙찰되며 다시금 주목받는 계기가 마련된다. 근대 시절 한반도를 배경으로 그림을 그린 서양인이 중국, 일본, 베트남 등에 비해 무척 드물었는데, 나름 그 빈 공간을 채워주었기 때문.

다음으로 성재휴는 진주와 가까운 경상남도 창녕 출신이며 일제 강점기 시절 전통 회화를 공부하다 독립 후부터는 자유롭고 생동감 있는 현대적 감각의 동양화를 선보이며 유명세를 얻은 작가다. 안타깝게도 지금은 팔아서 없지만 예전에 나도 성재휴 작품을 한 점 가지고 있었거든. 다만 그가 그린 이순신 초상화는 본래 모델이 있었으니 이상범이 그린 이순신 초상이 바로 그것.

이김에 이상범의 이순신 초상을 한 번 스마트폰으로 찾아 비교해볼까? 음, "이상범 이순신 초상화" 하고 치니 금세 나온다. 비교해보니 얼굴에서 느껴지는 분위기 외에는 복장이나 구도 모두 거의 동일하구먼. 이로써 젊은 시절 성재휴가 이상범의 작품을 착실하게 옮겨 그렸음을 알 수 있네. 여기까지 따

엘리자베스 키스, '청포를 입은 무관'. 통영시립박물관. ©Park Jongmoo

라 온 만큼 이상범의 이순신 초상화에 대한 이야기를 좀 더 깊게 이어가보자.

이상범(李象範, 1897~1972)은 근현대 시절 전통 화가로서 이름을 떨친 인물이다. 이름과 함께 청전(青田)이라는 호 역시 유명하며 여러 미술관의 전시로 대중들에게도 산수화 대가로서 널리 알려진 편. 당연히 국내 미술 경매에서도 그의 작품이 자주 등장하며 가격 역시 만만치 않다.

특히 그는 일장기 말살 사건, 즉 1936년 베를린 올림픽 마라톤에서 금메달을 딴 손기정 선수의 가슴에 그려진 일장기를 지워 보도한 일을 동아일보 미술 기자로서 실행에 옮긴 인물이다. 하지만 이 사건 파문으로 40일 간 구속되어 협박과 고문을 당했고, 이후로는 기자를 그만둔 채 화가 생활에 집중할 수밖에 없었다. 그러나 일본은 한반도 미술계에서 그가 치지하는 상징성을 알고 있었기에 이후에도 끝없는 회유와 압박을 가했으니, 결국 굴복하여 일본 군국주의의 전시 문화 정책에 동조한 친일 행위를 하게 된다. 2009년 민족문제연구소가 발간한 《친일인명사전》에도 그의 이름이 등재되었을 정도. 이렇듯 나라를 잃으면 참으로 처신이 쉽지 않음을 보여준다.

그런데 이상범이 친일로 변하기 전, 그러니까 한창 민족 의식을 지녔던 1932년에 그려진 작품이 다

이상범이 그린 이순신.

름 아닌 스마트폰에서 찾아낸 동양화 풍의 이순신 모델이라는 사실. 당시 이상범은 아산 현충사에 배치할 목적 아래 반일을 대표하던 이순신을 그렸거든. 그리고 이상범 그림을 바탕으로 성재휴가 1938년 그린 것이 바로 현재 내가 통영시립박물관에서 보는 작품이다. 이는 다름 아닌 통영 착량묘에 걸어둘 목적으로 그려졌지.

반면 엘리자베스 키스가 그린 이순신에 대해서는 다양한 주장이 존재한다. 당장 해당 작품의 명칭부터 사실 이순신이 아니거든.

키스의 한국 관련 책《영국 화가 엘리자베스 키스의 코리아》《키스 동양의 창을 열다》를 번역한 송영달 미국 이스트캐롤라이나대학교 명예교수는 키스의 이 '무인 초상화'를 최근 입수했다. 이 그림은 그동안 키스의 조카인 애너벨 베러티가 소장해왔다.《키스 동양의 창을 열다》번역판에는 송교수가 붙인 부록에 키스의 그림들이 나열돼있는데, 이 그림은 '청포를 입은 무관'으로 소개돼있다.

〈경향신문〉 영국 화가 키스가 그린 초상화 인물은 이순신 장군

2019. 7. 7

기사 내용처럼 해당 그림에 대해 엘리자베스 키스는 이순신이 아닌 '청포 입은 무관'이라는 제목을 붙였다. 즉 이순신이 아닐 수도 있다는 의미. 그러나 그가 죽은 후 청포 입은 무관은 조카가 소장한 채 오랜 기간 공개되지 않다 근래 송영달 교수가 책을 번역하면서 운 좋게 발견하였다. 그런데 이때 무인의 뒤에 거북선이 가득한 병풍을 주목하면서 다음과 같은 주장이 등장한다. 혹시 조선 후기에 아산 또는 통

이상범이 그린 그림을 바탕으로 성재휴가 그린 이순신. 1938. 시립통영박물관. ⓒPark Jongmoo

영 등지에 남아 있던 이순신 초상화를 일제 강점기 시절 엘리자베스 키스가 보고 옮겨 그린 것이 아닐까?

이렇듯 관심도가 남달리 높아지자 송영달 교수는 작품을 구입한 후 통영시에 기증하였고 지금은 통영시립박물관에 전시되기에 이른다. 그 과정에서 언론을 통해 이순신 초상으로 널리 알려지며 현재는 나름 통영시립박물관을 대표하는 작품이 된 상황.

그렇다면 정말로 해당 작품은 조선 시대에 그려진 이순신 초상을 엘리자베스 키스가 보고 옮겨 그린 것일까? 또한 비슷한 시점에 이상범은 어디서 모델을 삼아 이순신 초상을 그린 것일까?

공신 초상과 이순신

그제 국립진주박물관에서 임진왜란과 인연 있는 두 명의 초상화를 만났었다. 문관으로 정1품이었던 이원익과 무관으로 정2품이었던 권응수가 그 주인공. 이렇듯 계급과 위치가 다른 만큼 흑단령 관복의 장식에서 두 사람 간 차이 역시 확인했었지. 특히 권응수의 초상은 임진왜란이 끝나고 선무공신이 되어 그려진 것을 비교적 가까운 후대에 그대로 이모한 것이라 남다른 의미가 있었다.

참고로 선무공신(宣武功臣)은 임진왜란 때 전투나 후방 지원으로 공을 세운 인물을 공신으로 봉하며 준 칭호였으며. 서열은 다음과 같다.

선무 1등, 3명
　　이순신, 권율, 원균
선무 2등, 5명
　　권응수, 김시민, 신점, 이억기, 이정암
선무 3등, 10명
　　권준, 권협, 고언백, 기효근, 류사원, 이광악, 이순

신(충무공 이순신과 동명이인), 이운룡, 정기원, 조경

살펴보니, 이번 여행 중 언급된 인물이 꽤 많이 등장하는군. 다만 원균이 이순신, 권율과 더불어 1등이라는 점은 개인적으로 납득하기 정말 힘들다. 암만 이해하려 해도 칠천량에서 수군 전멸이라는 어마어마한 패배를 이룩한 인물에게 1등을 주기란 쉽지 않을 텐데 말이지. 그러고 보니, 2차 진주성 전투에서 비록 패배했으나 10만의 일본군을 상대로 남다른 분전을 보인 황진은 아예 3등마저 오르지 못했구나.

그렇다면 원균은 한반도 수군 역사에 길이 남을 만큼 엄청난 패전을 이룩한 인물임에도 어찌하여 1등 공신이 된 것일까?

원균을 2등에 녹공했지만, 전쟁이 발생했던 초기에 원균이 이순신에게 구원해주기를 청했던 것이지, 이순신이 자진해서 간 것이 아니었다. 왜적을 토벌할 적에 원균은 죽기로 결심하고서 매양 선봉이 되어 먼저 올라가 용맹을 떨쳤다. 승전하고 노획한 공이 이순신과 같았는데, 그 노획한 적괴(賊魁)와 누선(樓船)을 도리어 이순신에게 빼앗긴 것이다. 이순신을 대신하여 통제사가 되어서는 원균이 재삼 장계를 올려 부산 앞바다에 들어가 토벌할 수 없는 상

황을 극력 진달했으나, 비변사가 독촉하고 원수(권율)가 억박지르자 원균은 반드시 패전할 것을 훤히 알면서도 진(鎭)을 떠나 왜적을 공격하다가 드디어 전군이 패배하게 되자 그는 순국하고 말았다. 원균은 용기만 삼군에서 으뜸이었던 것이 아니라 지혜도 또한 지극했던 것이다.

《조선왕조실록》 선조 36년(1603) 6월 26일

위 문장은 그 누구도 아닌 선조의 원균에 대한 평이다. 임진왜란 때 공을 평가한 여러 신하들이 그동안 선조의 원균에 대한 편애를 알고 있었던 만큼 그나마 눈치 보며 선무공신 2등으로 정해 올렸으나 그마저 마음에 들지 않는다며 1등으로 올리기 위해 위의 주장을 직접 나서서 펼친 모양.

이 과정에서 선조는 원균을 띄우면서 도리어 여러 신하들이 공통적으로 선무공신 1등으로 올렸던 이순신과 권율을 함께 비난하였다. 1. 원균이 구원을 청했기에 이순신이 공을 세운 것이며, 2. 그동안 원균의 공을 이순신이 빼앗았고, 3. 부산 앞바다로 진격한 것 역시 선조 자신의 뜻이 아니라 권율의 오판으로 이루어진 것이라 변명한 것. 그러더니, 4. 칠천량해전 패전마저 원균이 질 것을 이미 알았음에도 달려가 죽음을 맞이했다는 괴변을 선보였다.

이렇듯 선조는 이순신이 전사한 후에도 1597년, 즉 정유재란 때 자신이 계획한 전략을 제대로 이행하지 못한 것에 대한 앙금이 여전히 남아 있었다. 덕분에 자신의 잘못된 선택인 원균이 보기 드문 대패를 남기고 사라졌음에도 그를 적극 비호하기에 이르렀으니, 이를 위해 실패할 것이 뻔한 작전을 이행한 용기 있는 자로 포장하였지. 즉 승패 자체가 중요한 것이 아니라 왕 개인에 대한 충성을 상징하는 인물로서 원균을 재구성한 것이다.

하지만 세상의 평은 반드시 선조같지는 않았던 모양.

긴 시냇가에서 여러 귀신들이 손뼉을 치며 웃으므로 그 까닭을 물으니 통제사 원균을 놀리고 있는 것이었다. 배는 불룩하고, 입은 삐뚤어지고, 얼굴빛은 흙빛이 되어 기어왔으나 퇴짜를 맞고 참여하지 못한 것이다. 언덕에 의지하여 두 발을 죽 뻗고 주저앉아 주먹을 불끈 쥐고 길게 탄식할 뿐이다. 파담자 역시 크게 웃고 조롱하다가 기지개를 켜고 깨어나니, 그것은 한바탕 꿈이었다.

《달천몽유록》 윤계선

《달천몽유록(達川夢遊錄)》은 1597년 알성시(謁聖試) 갑과 1위, 즉 장원급제한 윤계선이 1600년에 쓴 한문소설로 임진왜란 때 나라를 위해 전사한 충신을 추모하는 내용을 지녔다. 이야기는 다음과 같다.

어느 날 소설 속 주인공인 피담자는 왕명에 따라 암행을 떠나다 충주의 달천에서 잠이 든다. 그런데 꿈에서 임진왜란 때 전사한 여러 영혼들이 모여 노래를 부르는 장면이 보이는 것이 아닌가. 이 자리에는 가장 높은 인물로 이순신이 위치했고, 이외에 2차 진주성 전투에서 전사한 황진, 승려로서 전쟁에 참여한 영규, 의병장이었던 고경명 등 여러 인물들이 함께하고 있었다. 이에 피담자는 이들과 대화하면서 깊게 공경하는 마음을 보였다. 그런데 저 바깥으로 이 자리에 참석하지 못한 채 여러 귀신들에게 놀림 받는 이가 있었으니 다름 아닌 원균이었지. 사실 본인은 이 자리에 참여하고 싶었으나, 격에 맞지 않다고 퇴짜 맞은 것이다. 그러자 언덕에 의지한 채 두 발을 죽 뻗고 주저앉아 주먹을 불끈 쥐고 길게 탄식하는 원균. 그런 모습을 보면서 피담자 역시 그를 조롱하다 깨고 나니 꿈이었다.

이는 동시대 사람들에게 이순신과 원균의 평이 어떠했는지 극명하게 보여준다. 이런 분위기는 시간이 지나면 지날수록 더욱 심해져서 갈수록 이순신과 원균은 대비되듯 극과 극의 평가를 받게 되지. 대중들이 단순한 전쟁 영웅을 넘어 이순신을 성웅(聖雄)

처럼 대접할수록 원균은 무능한 인물을 넘어 아예 악인처럼 매도되고 말았거든.

만일 선조가 자신의 전략에 대한 실패 인정과 더불어 이순신을 견제하기 위해 유달리 원균을 비호하는 모습만 하지 않았다면 글쎄. 이 정도까지 원균의 이미지가 추락했을지 의문이 든다. 기병을 이끌다 조총에 허무하게 패한 신립처럼 왕의 신임에도 불구하고 능력이 부족하여 큰 패배를 한 장수로서 조용히 잊혔겠지. 결과적으로 선조가 자신의 자존심을 지키기 위해 지나치게 높이 띄운 만큼 선조 사후 더욱 가파르게 원균의 이미지는 추락하였다. 아무래도 선조 이미지가 이후에도 좋지 않았건만 왕조 시절이라 함부로 평하기 힘들었던 만큼 대중들은 그가 적극 옹호하던 원균에게 대신 그 책임을 더욱 신랄하게 물었던 것이 아닐까?

한편 공신에 오르면 어떤 혜택이 있었을까?

이순신·권율·원균의 공을 기록하여 1등(一等)에 봉하고 모습을 그려 후세에 전하며 관작과 품계를 세 등급 뛰어넘어 올린다.

《조선왕조실록》 선조 37년(1604) 10월 29일

이처럼 공신이 되면 이를 기념하여 초상화를 그

렸으며 관작과 품계도 올려주었다. 그 결과 이순신은 1598년 노량해전에서 전사한 직후 우의정에 이미 추증되었으나 1604년 좌의정으로 다시 한 번 더 추증하기에 이른다. 이때 이순신이 받은 관직과 벼슬은 효충장의적의협력선무공신대광보국숭록대부의정부좌의정겸영경연사덕풍부원군(效忠仗義迪毅協力宣武功臣大匡輔國崇祿大夫議政府左議政兼領經筵事德豊府院君)으로 너무 길어 읽기도 힘들 정도.

하지만 안타깝게도 이순신의 공신 초상화는 그려지지 않았다. 지시는 위처럼 내려졌지만, 결국 1604년을 기준으로 살아있는 이에 한하여 공신 초상화가 그려졌기 때문. 덕분에 선조 시대 공신 초상화가 여러 점 남아 전해지고 있음에도 이미 세상을 뜬 이순신, 권율, 김시민, 이억기, 원균 등은 공신 초상화를 처음부터 남길 수 없었다. 이처럼 의도한 바는 아니겠지만 공신 초상화마저 차별 대우를 받듯 전장에서 활약한 인물보다 후방에서 활동한 인물 것이 많이 남게 된 것이다. 참으로 안타까운 현실. 참고로 권율은 과거 시험에서 문과 출신이나 대중들에게는 무인처럼 인식될 정도로 전장에서 활약한 인물이지.

여기까지 살펴보니까, 통영시립박물관에 전시 중인 두 작품은 최소한 이순신의 공신 초상화를 바탕으로 그려진 것은 아님을 알 수 있네.

사당에 모셔진 초상화

공신 초상화로 이순신 그림이 남겨지지 않았다면 다음 가능성은 무엇이 있을까? 이를 위해 이순신이 노량해전에서 전사한 순간의 기록을 살펴보자.

행장(行長, 고니시 유키나가)이 사천의 적 심안 돈오(沈安頓吾, 시마즈 요시히로)에게 구원을 요청하니, 돈오가 바닷길로 와서 구원하므로 이순신이 진격하여 대파하였는데, 적선 200여 척을 불태웠고 죽이고 노획한 것이 무수하였다.

남해 경계까지 추격해 이순신이 몸소 화살과 돌을 무릅쓰고 힘껏 싸우다 날아온 탄환에 가슴을 맞았다. 좌우가 부축하여 장막 속으로 들어가니, 이순신이 말하기를 "싸움이 지금 한창 급하니 조심하여 내가 죽었다는 말을 하지 말라." 하고, 말을 마치자 절명하였다.

이순신의 형의 아들인 이완이 그의 죽음을 숨기고 이순신의 명령처럼 더욱 급하게 전투를 독려하니, 군중에서는 알지 못하였다. 진인(명나라 수군 도독)이 탄 배가 적에게 포위되자 이완은 그의 군사를 지휘해 구원하니, 적이 흩어져 갔다.

진인이 이순신에게 사람을 보내 자기를 구해준 것을 사례하다 비로소 그의 죽음을 듣고는 놀라 의자에서 떨어져 가슴을 치며 크게 통곡하였고, 우리 군사와 중국 군사들이 이순신의 죽음을 듣고는 병영마다 통곡하였다. 그의 운구 행렬이 이르는 곳마다 백성들이 모두 제사를 지내고 수레를 붙잡고 울어 수레가 앞으로 나갈 수가 없었다. 조정에서 우의정을 추증했고, 바닷가 사람들이 자진하여 사우(祠宇; 사당)를 짓고 충민사(忠愍祠)라 불렀다.

《조선왕조 선조수정실록》 선조 31년(1598) 11월 1일

이순신이 마지막 전투인 노량에서 전사하자 남해 지역 사람들은 서로 경쟁하듯 사당을 짓고 그를 추모했으니, 아까 만난 통영의 착량묘가 대표적이다. 이외에도 이순신 묘가 자리 잡은 충청남도 아산을 비롯한 그가 활동한 남해의 여러 지역에 지금까지도 이순신 사당이 존재하고 있다. 특히 대부분의 사당이 이순신을 사모하는 마음에 백성들이 자진하여 만든 것이니, 당대부터 그의 평이 얼마나 높았는지 알려주지.

그런데 사당이라면 으레 내부에 신주(神主; 위패)와 더불어 가능하다면 영정(影幀; 초상화)을 함께 두

고자 노력했기에, 이순신 사당이라면 당연히 이순신의 신주와 영정이 함께 모셔져 있지 않았을까? 실제로 통영의 착량묘 역시 오래 전부터 이순신 초상을 두고 제사를 지냈다고 하니 말이지. 오~ 생각이 여기까지 미치자 갑자기 한 그림이 떠오르는걸.

그제 국립진주박물관에서 이야기했듯 광명에 위치한 충현박물관에는 임진왜란 때 활약한 이원익의 초상화가 여러 점 전시 중이다. 이 중 현재 이야기 흐름상 내가 소개하고 싶은 이원익 초상화가 있지. 경기도 유형 문화재로 지정된 이원익 초상화가 바로 그것. 전체적으로 볼 때 화면 오른편을 향하여 몸을 살짝 돌린 자세로 의자에 앉았으며, 몸은 머리부터 발까지 모두 등장하도록 그려졌다. 다만 흑단령 관복을 입은 채 한 손은 부채를 쥐고 다른 손은 혁대를 쥐고 있는 데다, 손톱은 마치 매니큐어를 바른 것처럼 길고 얼굴 표정은 공신 초상화에 비해 훨씬 자연스럽고 생동감이 넘친다. 이렇듯 일반적인 공신 초상화와 다른 느낌이 개성적으로 다가온다.

흥미로운 점은 해당 그림이 당사자 이원익도 모르게 그려진 작품이라는 사실. 이는 지금은 그림을 보존하는 과정에서 분리되었으나 본래 그림 왼편 위에 써놓은 글을 통해 알 수 있으니, 충현 박물관에 다음과 같이 해석되어 있지.

이원익 초상화. 충현박물관.

평양 생사당(生祠堂)을 철거하고 초상화를 환수하고 배접한 후에 쓰다. 1592년(선조 25) 임진왜란 때 장차 서쪽으로 피난가려 하였다. 이때에 나는 이조판서로 어명을 받고 먼저 평안도에 가서 도순찰사를 겸하고 이어서 평양감사를 맡았다.

1595년(선조 28)에 우의정에 임명되어 조정에 돌아왔다. 평양에 있는 서리들이 일을 꾸며 이익을 보려는 뜻에서 나에게 노고와 공적이 있다고 핑계하고 인민들에게 쌀과 베를 수합하여 몰래 화공으로 하여금 나의 초상을 그리게 한 다음 사당을 지어 그 초상화를 간직하였다.

1599년(선조 32)에 호성공신에 녹훈되어 도상을 그릴 때 함께 이 그림을 개장하여 얼자인 이효전에게 주고 얼자가 자손이 없을 경우에는 그 그림을 종가에 돌려주게 하였다. 1605년(선조 28) 여름에 직접 기록하였다.

이원익이 직접 남긴 글에 따르면 그는 1592년 임진왜란이 시작되고 신립이 패하면서 한양까지 곧 일본군이 밀어닥칠 듯하자 평안도관찰사가 되어 왕의 피난길을 관리하는 일을 맡았다. 이후 1593년 한양을 되찾은 뒤에도 평양에 남아서 활동을 이어가다 1595년 우의정이 되면서 비로소 평양을 떠났다.

헌데 이원익이 평양에 머물며 펼친 공과 선정에
고마움을 표하고자 평양의 하급 관리들이 몰래 지역
화공을 시켜 이원익 초상화를 그린 후 생사당을 짓
고 그림을 보관하였다. 여기서 생사당(生祠堂)이란
살아있는 사람을 위해 만든 사당을 의미. 이를 위해
화가는 이원익이 평양에 있는 동안 뒤따라 다니며
몰래몰래 그려둔 밑그림들을 모아 초상화를 완성시
켰으니, 이를 나중에 알게 된 이원익은 부담이 되었
는지 생사당을 철거하고 초상화는 가져와 자신의 서
자 중 장남인 이효전에게 맡겼다.

자, 여기까지 이원익의 예를 볼 때 명망이 남다르게
높은 이라면 사당에 모실 초상화를 위해 해당 지역의
화공이 동원되기도 했음을 알 수 있다. 결국 이런 모습
은 이순신 역시 마찬가지였을 테다. 그 시절 이순신을
존경하던 사람들이 지역 화공을 시켜 생전 모습의 초
상을 그린 후 사당에 배치했을 가능성도 충분하니까.

헌데 엘리자베스 키스와 이상범의 작품이 과거
화공이 그린 이순신 초상화를 모델로 하여 근대 시
절 그렸다는 증거가 혹시 있을까? 다행히도 이런 기
록이 남아있어 흥미를 주는군. 당시 이상범은 이순
신 초상화를 그리기 위해 통영, 여수, 아산 등을 돌며
나름 탄탄한 조사를 하였는데, 이때 일을 다음과 같
이 이야기했거든.

선영의 땅인 아산 배아미골(백암리)에 이르러 붓으로 그려진 수백 년 전해 내려온 초상화를 보고 다소 참고하였지만, 요컨대 이순신은 순전히 내 머릿속에서 빚어낸 얼굴이었다.

〈삼천리〉 1934년 8월호, 163쪽

이순신은 초상을 보았는데, 일반 현대인이 생각하는 명장의 타입을 가진 장군의 얼굴로 보이지 않더군요. 만일 그 초상대로만 그린다면 지금 사람의 눈에야 이름 난 장군으로 보이겠어요? 그래서 얼굴에다 살도 붙이고 수염도 힘 있게 붙여놓고 여러 가지로 만들어놓았지요.

〈삼천리〉 1936년 8월호, 123쪽

엘리자베스 키스의 경우는 그림을 어디서, 어떻게 그렸는지 기록이 전혀 없어 정확히 알 수 없지만, 이상범은 분명 이순신 가문과 인연이 깊은 충청남도 아산 백암리에서 오랜 기간 존재했다는 이순신 초상화를 만난 적이 있었다. 참고로 백암리는 현재 현충사가 위치한 장소거든. 다만 그 그림이 현대인이 생각하는 명장의 얼굴은 아니었기에 살을 좀 붙이고 수염도 더 힘 있게 그렸다고 하니, 이렇게 이상범은 이순신 초상화를 완성시켰던 것.

모본이 된 초상화

지금까지 학자 및 향토 연구자의 조사에 따르면 이순신 초상화는 일제 강점기가 시작될 무렵만 하더라도 최소 다섯 군데 이상 존재했다고 전해진다. 통영 제승당, 통영 착량묘, 여수 충민사, 아산 현충사, 여수 영당 등이 바로 그곳. 하지만 일제 강점기가 끝날 무렵에는 여러 사당에 존재하던 이순신 초상화들이 국외로 반출되거나 소각되어 어느덧 사라져버렸다. 뿐만 아니라 그 과정마저 그다지 상세히 남겨져 있지 않기에 후손으로서 참으로 황망한 일.

하지만 이상범이 그린 이순신 초상화가 아산에서 전해지던 이순신 초상화를 기반으로 그려졌다고 하니, 이를 바탕으로 혹시 과거에 존재했던 초상화 모습을 유추해볼 수 있지 않을까? 생각이 여기까지 이어지자 엘리자베스 키스와 이상범이 그린 이순신의 공통점이 확연하게 눈에 띄는걸.

1. 두 그림 모두 의자에 앉아 있는 이순신 초상이며 의자 디자인마저 유사하다.

2. 두 그림 모두 모자로 무관의 전립(戰笠)을 쓰고 있는데, 디자인이 거의 동일하다. 모자집은 둥근 형태이며 테두리에 짧은 챙을 둘렀고 백색 상모와 공작 깃털이 장식되어 있네.

3. 두 그림 모두 오른손에 '등채'라 불리는 지휘봉을 쥐고 있으며 끝은 하얀색으로 마감하였다. 또한 지휘봉에 붙어있는 비단의 디자인마저 유사한 데다 두 그림 모두 비단이 떨궈져 다리 사이에 위치하고 있다.

4. 두 그림의 옷 주름이 상당히 유사한 편이다.

5. 두 그림의 얼굴을 보면 매섭게 치켜 올라간 눈매와 팔자수염이 닮았다. 무엇보다 이상범은 모본이 된 그림에 비해 살을 붙이고 수염도 위엄 있게 표현했다고 전하는데, 막상 살을 뺀 모습을 상상하니 엘리자베스 키스의 것과 얼핏 유사한 느낌으로 다가온다.

6. 다만 엘리자베스 키스는 푸른색의 철릭을 입은 데다 허리띠로 품대(品帶)를 차고 있는 반면, 이상범의 그림은 구군복 차림이다.

이렇듯 두 그림은 색감과 배경 등에 차이가 있지만 인물의 전체적인 포즈는 매우 닮아있는 것이 아닌가? 이에 따라 학계 일부에서 두 그림의 모본이 된 그림이 동일하여 각각 닮게 그려진 것이라는 주장이

(왼쪽) 엘리자베스 키스의 이순신. ⓒPark Jongmoo (오른쪽) 이상범의
이순신.

나온다. 즉 해당 주장에 의하면 이상범뿐만 아니라
엘리자베스 키스 역시 아산에 존재하던 이순신의 초
상화를 직간접적으로 보았을 가능성이 높다는 의미.
예를 들면 1. 엘리자베스 키스가 직접 아산을 방문했
거나 2. 아산을 방문한 사람이 찍은 흑백 사진을 통

해 보았거나 3. 아님 해외로 유출되던 이순신 초상화를 경성에서 만났거나 말이지.

그렇다면 아산에 존재했다는 모본이 된 초상화는 과연 어떤 모습이었을까? 앞서 두 그림의 공통점을 확인해본 결과 머리에는 전립을 쓰고 오른손에는 지휘봉을 쥔 채 앉아 있는 무인상일 가능성이 높겠지.

현재 가장 오래된 조선 시대 무관 초상화로는 오자치 초상화가 전해지고 있다. 오자치(吳自治)는 이시해의 난을 평정한 공으로 공신에 올랐고 이에 따라 1476년 초상화가 그려졌거든. 그림을 살펴보면 공신 초상화답게 흑단령 관복을 입은 채 의자에 앉아 있는 형식이며, 가슴의 흉배에는 호랑이와 표범 무늬가 수놓아 있어 그가 무관임을 증명한다. 물론 무관의 공신 초상화, 즉 흑단령을 입은 초상화는 임진왜란 직후 그려진 권응수 초상에서도 드러나듯 시일이 지나며 옷과 모자 디자인에 조금씩 변화가 생긴 것 외에는 유사한 구도로 쭉 이어졌다.

이처럼 조선 전기에는 문관뿐만 아니라 무관 역시 흑단령 관복을 입은 형태의 초상화가 일반적이었다. 마치 정장을 입고 사진 찍듯 최고의 격식 있는 관복을 입은 채 초상화가 그려졌기 때문. 하지만 실제 역사에서 이순신은 흑단령 관복을 입은 공신 초상화를 남기지 못했으며, 통영시립박물관의 이순신 초상

오자치 초상. 현존하는 가장 오래된 무관 초상. 국립고궁박물관 소장.

화 역시 흑단령 관복을 입고 있지 않군. 상황이 이러하니, 조선 시대에 전립을 쓰고 지휘봉을 쥐고 있는 형식의 초상화가 과연 언제부터 존재했는지 알아봐야겠다.

전립을 쓰고 지휘봉을 쥔 초상화

평안도와 함경도 사람들은 대부분 모전립(毛氈
笠)을 쓰는데, 대개 오랑캐 습속을 가깝게 접하고 있
기 때문이다. 무오년(1618)에 명나라의 요청으로 요
동으로 출병하는 일이 일어난 뒤로는 나라에 모전
립을 쓰는 사람이 많아졌는데, 서로 보고 본뜨다가
마침내 온 나라 안에 두루 퍼지게 되었다.

《임하필기》 이유원

북방 유목민들이 짐승의 털을 다져서 만든 모자
에서 시작된 전립(氈笠)은 처음에는 짐승의 털로 만
든 모직물을 뜻하는 전(氈)과 모자를 뜻하는 립(笠)
을 붙여 불렀다. 유목민 영향으로 중국의 송나라 ·
명나라 등도 사용했으며, 기록에 따르면 한반도의
고려 · 조선 시대에도 사용했지. 다만 임진왜란 시기
만 하더라도 여진족과 접해있는 평안도 · 함경도 사
람들과 북방 국경선으로 자주 파견되던 군인 등 좁
은 범위에서 유행하던 모자였던 모양. 특히 짐승의
털로 모자를 만들다보니, 은근 두터운 방어력을 지

녀 화살촉에 대한 방어력이 높았다고 한다.

그 결과 조선에서는 주로 군인이 쓰는 모자라 하여 싸움을 뜻하는 전(戰)과 모자를 뜻하는 립(笠)을 붙여 전립(戰笠)이라 불렀다. 하지만 시일이 지나며 해당 모자가 한반도 전역으로 유행하자 짐승의 털뿐만 아니라 말총이나 대나무로 전립을 만들기도 한다.

문제는 안타깝게도 임진왜란 시점 사용한 전립이 구체적으로 어떤 형태였는지 알 수 없다는 점. 전립을 사용했다는 문자 기록 외에 실물과 그림조차 거의 존재하지 않으니까. 그나마 구체적 디자인을 확인할 수 있는 가장 이른 시점의 전립은 18세기 초반 그려진 무관 초상화에서나 찾아볼 수 있거든. 스마트폰에서 찾아보면. 음, 찾았다.

영조 시절 병조판서, 지금으로 치면 국방부장관까지 올랐던 무과 출신의 이삼(李森, 1677~1735)의 초상화 중 흥미로운 작품이 하나 남아있다. 조선 시대 초상화 중 보기 드물게 야외를 배경으로 한 초상화가 그것. 이때 이삼은 군복의 일종인 구군복을 차려입고 소나무를 배경으로 바위에 걸터앉아 다리를 꼰 채 머리에는 전립을 쓰고 오른손에는 지휘봉을 쥐고 있네.

특히 해당 그림에는

이삼 초상. 백제군사박물관.

"이 장군을 청담이 그리다(李將軍淸潭寫)."

라는 글이 남겨져있어 회화 실력이 높은 승려의 작품으로 추정하고있다. 아무래도 민간에서 그려진 만큼 공신 초상화에 비해 나름 자유로운 분위기가 잘 느껴지는군.

특히 해당 그림에서 통영시립박물관의 이순신 초상과 연결하여 관심있게 볼 부분은 전립과 지휘봉이다. 마치 무관을 상징하는 물건으로 사용되고 있거든. 즉 흑단령 관복을 입은 초상의 경우 호랑이, 사자, 곰 등이 등장하는 흉배를 통해 주인공이 무관임을 보여줬다면, 18세기 초반 민간에서 그려진 그림에서는 무관을 상징하는 물건으로서 전립과 지휘봉이 군복을 입은 주인공과 함께 배치되기도 했음을 보여준다.

한편 통영시립박물관 2층에는 이순신 외에도 여러 초상화가 전시되고 있는데, 다들 한때 삼도수군통제사를 역임한 대단한 인물들이다. 지금으로 치면 무려 4성 장군. 콘셉트에 맞게 일부러 통영과 인연 있는 인물들의 초상화를 모아 전시하나보네. 오. 그런데 이 중 134대 삼도수군통제사를 역임한 이창운(李昌運, 1713~1791)의 작은 크기로 된 초상화를 만났다. 그는 무과 출신으로 정조 1년인 1777년 삼도수

이창운의 구군복 초상. 개인 소장.

군통제사가 되어 통영에 부임했으며, 이후 수도 방위를 책임지는 어영대장이 되는 등 정조의 남다른 신임을 받은 인물이지.

그런데 내가 마치 아는 사람처럼 만난듯 이창운의 초상화를 반갑게 맞이한 이유가 하나 더 있으니, 이곳에 전시되어있지 않지만 그의 여러 초상화 중에서 전립과 지휘봉을 지니고 있는 것이 전해지고 있거든. 이김에 스마트폰으로 한 번 더 찾아볼까?

1782년 그려진 이창운의 구군복 초상화는 남다른 의미가 있다. 궁중 화원에 의해 그려진 흑단령 관복을 입은 무관 초상화는 그나마 여럿 남아 있지만 구군복, 즉 군복 차림을 한 초상화는 매우 드물거든. 덕분에 궁중 화원에 의해 그려진 구군복 초상화로서 큰 주목을 받는 중. 특히 주목할 부분은 그림 속 이창운의 모습이다. 앉은 채 머리에는 전립을 쓰고 오른손에 지휘봉을 쥐고 있는 장면이 그것. 이는 엘리자베스 키스와 이상범 작품 속 이순신 포즈와 거의 일치한 모습이지. 즉 무관을 상징하는 이런 포즈의 그림이 최소한 18세기 후반에는 궁궐 화원에 의해 규격화된 방식으로 그려지기도 했음을 알 수 있다.

이는 18세기 들어와 조선에서 기존의 흑단령 관복뿐만 아니라 다양한 복색을 입은 초상화가 인기리에 그려지던 문화와 연결된다. 그 결과 무관은 흑단령 관복뿐만 아니라 군복을 입은 모습이 궁중 화원에 의해 함께 그려졌으며, 문관 역시 흑단령 관복을 포함하여 다양한 옷을 입은 초상화가 궁중 화원에 의해 그려졌거든.

심지어 이런 분위기는 왕의 초상화에서도 엿볼 수 있다. 1864년에 간행된 《선원계보기략(璿源系譜紀略)》에 따르면 당시만 해도 영조 어진 11본, 정조 어진 7본, 순조 어진 4본, 효명세자 어진 4본, 헌종 어진 4본, 철종 어진 5본 등 총 35본의 어진이 보존되어 있었다고 한다. 이 중 정조의 경우 자신의 어진을 그릴 때 격식 있는 관복의 일종인 곤룡포, 강사포뿐만 아니라 군복 일종인 구군복을 입은 것도 그리도록 했거든. 그 결과 7본의 정조 어진 중 일부는 구군복을 입고 있는 초상화였다는 사실. 이는 정조가 문(文)뿐만 아니라 무(武) 역시 특별히 강조한 것과 연결된다.

그렇게 정조의 영향으로 이후에도 왕실 고위층의 구군복을 입은 초상화가 꾸준히 그려졌다. 예를 들면 효명세자(1809~1830), 헌종(1827~1849), 철종(1831~1864) 등이 구군복 초상을 남겼거든. 그러나 일제 강점기와 6.25를 거치며 상당수의 왕실 초상화가 사라지면서 1861년 그려진 철종의 구군복 어진만 겨우 남아 전해지고 있다. 불에 타서 3분의 1이 사라

予三十一歲眞

哲宗熙倫正極粹德純聖文顯武成獻仁英孝大王

불탄 철종 어진, 국립고궁박물관 소장.

최광수가 복원한 철종 어진.

진 철종 어진이나 복원한 어진을 살펴보면 구군복을 입은 채 머리에는 전립을 쓰고 오른손에는 지휘봉을 쥐고 있지.

그런데 왕실 고위층 및 무관들이 전립과 지휘봉을 지닌 격식 높은 구군복 초상을 그리면서 그 유행은 점차 넓게 퍼져갔던 모양이다. 그 결과 흑단령 관복뿐만 아니라 구군복을 입은 초상 역시 18~19세기를 거치며 점차 상당한 격식을 차린 복장으로서 인식되기에 이른다.

이런 분위기에서 그려진 작품 중 1912년 채용신이 그린 안필호 초상화를 살펴볼까. 그림 속 주인공인 안필호는 문과 출신임에도 불구하고 구군복을 차려입었으니, 머리에는 전립을 썼으며 오른손에는 지휘봉을 들고 있네. 무엇보다 주목할 점은 옷 색감과 디자인. 가만 보니, 이상범 작품 속 이순신이 입은 옷과 안필호 초상의 옷이 거의 동일하군.

앞서 여러 초상화를 통해 만난 구군복은 사실 임진왜란과 병자호란을 거치며 등장한 복식이다. 모자로 전립을 쓰고 동다리(同多里)라 불리는 윗옷을 입은 후 전복(戰服)이라 불리는 짙은 색의 조끼를 입는 방식이 그것. 또한 그림을 통해 18세기 초반 → 18세기 후반 → 19세 중반 → 20세기 초반마다 구군복 디자인에 변화가 있었음을 확인할 수 있지. 이를 살펴

채용신의 안필호 초상, 육군사관학교박물관.

보자면,

1. 우선 동다리라 불리는 윗옷의 경우 단색에서 시작하여 시일이 지날수록 화려한 소매 색깔을 자랑하기 시작했다. 2. 마찬가지로 전립이라 불리던 모자 역시 18세기 초반과 18세기 후반 초상화에는 마치 마녀 모자처럼 뾰족한 모자집을 지닌 전립이 유행한 반면, 19세기 중반과 20세기 초반의 초상화에서는 모자집이 둥근 형태네. 이는 곧 각 시대마다 모자 및 옷 디자인에 변화가 있었음을 보여준다.

이를 미루어볼 때 이상범은 아산의 모본 작품을 바탕으로 1932년 이순신 초상화를 그리면서 자신이 자주 보았던 20세기 구군복 차림으로 이를 재해석하였음을 알 수 있다. 이는 이상범의 이순신 초상화에서 동다리가 화려한 20세기 초반 것인 데다 전립 역시 둥근 모자집을 지니고 있기에 알 수 있는 대목.

반면 엘리자베스 키스의 초상화 경우 왜 푸른색의 철릭에 전립을 쓰고 있으며 허리띠로 품대를 차고 있는지 의문이 들지만, 이와 관련한 자료는 부족하여 풀 수 없는 상황이다. 일반적으로 품대는 흑단령 관복에 차는 것이고 전립은 구군복의 모자인데, 이 모든 것이 해당 그림에는 함께 있어 매우 부자연

(위) 옥로. 이순신의 갓 꼭대기 장식품. 아산 현충사 보관. (아래) 이순신 요대(腰帶). 관복을 입을 때 두르던 품대와 동일한 형태. 명나라 장수 왕원주(王元周)가 선물로 준 것이라 한다.

스럽게 다가오거든. 혹시 모본의 그림이 그러하여 그대로 옮겨 그렸던 것일까? 글쎄. 현재 남아 있는 그림과 자료만으로는 그 의도를 구체적으로 알 수 없군. 결론은?

현재 통영시립박물관에 존재하는 이순신 초상화만으로는 생전 이순신의 모습을 그려보기란 결코 쉬운 일이 아니구나. 그럼에도 불구하고 군복을 입은 채 전립을 쓰고 지휘봉을 들고 의자에 앉아있는 격식 있는 무관 초상화가 등장하는 시점은 18세기쯤임을 알 수 있었다. 이에 따라 아산에 있었다는 모본의 그림 역시 임진왜란 시점에도 군복을 입은 채 전립을 쓰고 지휘봉을 들고 의자에 앉아있는 무관 초상화가 존재했음을 알려주는 증거가 나오지 않는 한 18세기나 되어서야 그려질 수 있었던 작품이 아닐까 싶군.

다만 한편으로는 이처럼 새로운 회화가 발견되면 이순신의 생전 모습을 표현했을 가능성이 크다며 큰 주목을 받는 것 역시 그에 대한 후손들의 남다른 존경심이 만든 모습이 아닐까? 이렇게 보니, 이순신이 노량에서 전사하는 바람에 공신 초상화가 그려지지 않은 것이 참으로 안타깝구나. 그의 정확한 모습을 남길 수 있는 최고의 기회였는데 말이지.

앞으로 숨어있는 자료가 더 나타나기 전까지는 대략 이 정도로 정리한 채 이제 슬슬 배를 타러 이동해야겠다.

9

제승당

제승당으로 가는 길

어느덧 오전 11시가 되어가는군. 통영시립박물관 근처에 위치한 통영항여객선터미널로 이동해볼까. 어제에 이어 오늘도 배를 탈 예정이라 말이지. 이번에는 한때 이순신의 군영이 위치했던 한산도 섬에 직접 상륙해볼 생각이거든.

걷다보니, 어느 지점부터 길 따라 여러 음식점이 쭉 배치되어 있는데, 이를 서호시장이라 부른다. 바다에 접해있는 만큼 아무래도 해산물 식당이 많으며 통영의 특색 있는 맛을 자랑한다는군. 다만 지금은 호텔에서 먹은 조식 덕분에 배가 불러 한산도를 다녀온 후 먹어볼까 한다. 그럼 횡단보도를 건너 통영항여객선터미널로 들어가자.

건물 안으로 들어서자 통영 주변에 있는 주변 여러 섬으로 이동하는 배에 대한 정보가 가득하다. 한산도 제승당, 욕지도, 사량도, 매물도, 연화도, 비진도 등등 수많은 섬을 배로 이동할 수 있구나. 와, 주변 섬을 한 번씩만 다 찾아가도 어마어마한 여행이 가능하겠네. 이 중 내가 갈 곳은 한산도 제승당이므

(위) 통영항을 출발한 배에서 바라본 통영항여객선터미널. (아래) 통
영항과 한산도 제승당을 운행하는 파라다이스호가 한산도에 도착했
다. ©Park Jongmoo

로 바로 표를 끊는다. 마침 11시 30분에 출발하는지라 표를 끊자마자 배가 있는 곳으로 빠른 걸음으로 이동했다.

배는 카페리 일종으로 연안을 다니며 차도 싣고 짐도 싣고 사람도 함께 타는 형태다. 여행을 다니며 이런 형식의 배는 워낙 많이 타봐서 익숙하군. 배 가장 위로 올라가자 나무로 된 의자가 여러 개 배치되어 있네. 다른 관람객처럼 앉아서 주위를 구경하다 보니 어느덧 출발.

거대한 엔진 소리와 함께 배가 점차 움직이자 다시금 바다에 떠있는 나를 발견한다. 이동하며 조금씩 파도에 따라 흔들리는 배. 이렇듯 배를 탄다는 건 익숙해지기 힘든 묘한 느낌이란 말이지. 한편 오늘따라 왜 이리 외국인이 많이 보이는 걸까? 아, 갑자기 생각났다. 통영 월드 트리아애슬론 컵 대회로 통영 스텐포드호텔이 붐비더니, 바로 그 인원 중 일부가 통영에 온 김에 한산도 제승당을 가보는 모양. 어찌 그리 추정하냐면 외국인들의 키와 몸이 운동선수답게 다들 남다르거든. 팔과 몸에 얼핏 보이는 근육에다 배 나온 사람은 아예 없어 보임.

배는 어제 요트를 탄 길을 따라 이동하더니, 금세 한산도에 도착했다. 바닷가 마을 풍경이 앞에 펼쳐지고 배에 탄 사람이 내리자 섬에서 배를 기다리던

배에서 내려 제승당으로 이동하는 사람들. ©Hwang Yoon

사람들이 타기 시작한다. 나 역시 내리자마자 표지
판을 따라 자연스럽게 제승당으로 이동한다. 물론
나 이외에도 배를 탄 사람 거의 대부분이 마치 경보
를 하듯 동일한 목표를 향해 걸어가기 시작한다.

이순신과 정조

제승당을 향한 행렬 중 한동안 선두 무리에서 걷다가 뒤를 돌아보니 마치 경보나 마라톤처럼 길게 사람들이 이어져있네. 외국인 어린이를 포함한 가족들마저 몇몇 보이는 것을 보니, 통영 월드 트리아애슬론 컵 대회에 참가한 선수 중 일부는 이번 기회에 가족과 함께 온 모양.

가만, 너무 빠르게 걷다보면 재미가 반감될 것 같다. 배에서 내리자마자 시작된 이 기묘한 경쟁 심리를 멈추고 잠시 근처 벤치에 앉아 제승당으로 이동하는 무리를 지켜보았다. 오, 평일임에도 이처럼 많은 사람들이 찾아가고 있다니, 역시 이순신 장군. 대한민국에서 가장 존경받는 인물 중 한 명이 분명하다.

이번 여행에서 진주·통영을 돌아다니며 이순신의 행적을 일부 따라가보았지. 임진년과 정유년 일본의 육군, 해군 동시 진격 작전을 바다에서 막아내어 두 번이나 나라를 구한 데다, 마지막 노량에서는 도요토미 히데요시 죽음 후 철군하려던 적을 끝까지 공격하다 전사한 이순신. 이후 그는 한반도의 전설 중 전설로 남아 지금까지도 많은 사람들의 존경을 받고있다. 그런데 이순신을 존경하던 인물 중 다름 아닌 조선 22대 왕 정조가 있었다는 사실.

> 大亂之肇 큰 난리가 일어날 즈음이면
> 人爲時出 인걸이 때에 맞추어 일어나니
> 晟奠唐社 이성(李晟)은 당나라 사직을 안정시켰고
> 葛復漢室 제갈량(諸葛亮)은 한나라 왕실을 회복했습니다.
> 後千百載 천백 년이 지난 뒤
> 合爲一人 이 두 사람이 합쳐 한 사람이 되어
> 以靖島氛 섬 오랑캐의 재앙을 다스렸으니
> 時在壬辰 때는 임진년이었습니다.

'이순신 제문' 정조 1792

이렇게 정조는 이순신 제사를 위해 직접 제문을 지을 정도로 이순신에 대한 남다른 존경심을 표했다. 내용을 읽어보면 정조는 당나라 시절 토번, 돌궐 등의 외부 침입을 막아내어 소위 나라를 구했다는 평을 받은 이성(李晟, 727~793)과 중국 삼국 시대에 유비를 도와 촉한을 세운 제갈량(諸葛亮, 181~234)

이 합쳐진 능력을 한 사람이 보여주었으니 그가 바로 이순신이라며 극찬한다.

그러더니 여기서 더 나아가 1793년, 정조는 "충무공처럼 충성심이 뛰어나고 혁혁한 무공을 세웠음에도 사후에 아직 영의정으로 추증하지 못한 것은 진실로 잘못된 일"이라며 이순신을 조선 최고 관직인 영의정에 추증하였다. 나라를 두 번이나 구한 영웅다운 위치에 비로소 올라선 것이다.

그리고 1794년 정조는 아산 이순신 묘 옆에 신도비를 세우도록 명하면서 이번에도 직접 자신이 문장을 쓰고 이를 비석에 새기도록 했다.

정조 임금 찬(正祖 撰)

유명(有明) 수군도독(水軍都督) 조선국(朝鮮國) 증(贈) 효충장의적의협력선무공신(效忠杖義迪毅協力宣武功臣) 대광보국숭록대부(大匡輔國崇祿大夫) 의정부영의정(議政府領議政) 덕풍부원군(德豊府院君) 행정헌대부(行正憲大夫) 전라좌도수군절도사 겸 삼도통제사(全羅左道水軍節度使兼三道統制使) 시(謚) 충무공(忠武公) 이순신(李舜臣) 신도비명(神道碑銘) 병서(并序)

살아서는 수레와 옷을 하사하여 신하를 사랑하며 잔치를 베풀어 공로를 치하하며 음악을 연주하여 공적을 덮어주었고, 죽은 뒤에는 오정(五鼎)을 차려 제사지내며 대대로 녹을 주어 후손을 길러주며 깃발에 글을 기록하여 그 빛나고 훌륭한 절의를 상하에 밝게 하고, 산천(山川)에 비기게 하여 음직(陰職; 죽은 다음의 직책)을 맡아 백성들에게 아름다운 복을 도와주도록 했던 것이 옛날 선왕(先王)들이 공신을 대우한 것이었는데, 주나라 이후로 그 법이 점점 없어졌다.

그러나 비를 세우고 기록하여 깃발에다 쓰던 유풍은 전해지고 있다. 그중에서도 특별한 것은 임금이 직접 글을 쓰는 일이다. 왕조의 전수(篆首; 비석 머리글)를 지덕원로(至德元老; 덕이 지극한 원로)라 하였고, 서달(徐達; 명나라의 건국 공신)의 전수를 충지무자(忠志無疵; 충성스러운 뜻은 흠잡을 것이 없다)라고 하였지만, 몇 천 년을 내려오며 그런 예우를 받는 사람이 과연 몇이나 되겠는가. 아아! 우리 조선의 충무공(忠武公) 이순신 같은 경우는 그 공적이 이 명법(銘法)에 해당되어 내가 직접 글을 쓰고자 하니 혹시나 욕되지나 않을는지 모르겠다.

상충정무지비(尙忠旌武之碑)

다음으로 1795년이 되자 정조의 명으로 《이충무공전서(李忠武公全書)》가 출판되었다. 이는 이순신이 중앙 정부에 보낸 보고서인 장계, 이순신의 일기인 난중일기, 이순신이 쓴 시, 이순신 행적을 정리한 기록 등을 전부 모아 정리한 책이지. 덕분에 지금도 이순신을 연구하는 사람들은 《조선왕조실록》과 더불어 《이충무공전서》의 내용을 가장 먼저 접할 정도.

이처럼 이순신은 사후 계속 존경을 받아왔지만 정조에 의해 제대로 부각되면서 더욱 큰 명성을 얻었다. 지금까지도 이순신에 대한 평가와 영화, 드라마, 책 등 다양한 기록물이 등장하는 것 역시 그 연장선이 아닐까 싶네. 정조가 정리한 이순신 기록물이 중요한 콘텐츠의 기반이 되었으니까. 그럼 휴식을 끝내고 마저 이동해볼까.

한산도가

삼도수군통제사가 된 이순신이 한산도에 수군을 배치하여 일본군의 진격을 막는 동안 한산도는 단순한 섬이 아닌 군사 도시로 빠르게 발전하였다. 그렇다. 지금의 제승당 주변의 바다는 한때 조선 군선이 가득했던 장소였던 것. 하지만 칠천량해전에서 조선 수군이 패하면서 한산도의 명성은 한순간에 사라지고 말았지. 엄청난 패전으로 인해 본진마저 불타 사라지고 말았으니까.

세월이 한참 흘러 1739년, 제107대 삼도수군통제사인 조경은 이곳을 방문하여 터만 남아있던 장소에다가 제승당을 세운다. 이순신이 임진왜란 때 삼도수군을 지휘하던 장소를 기념하기 위해 작은 사당을 지은 것. 이때 제승당(制勝堂)이란 승리를 만드는 집이라는 의미를 가지고있었다. 그리고 다시 시간이 흘러 1976년 다시금 이순신 성역 사업이 크게 일어나면서 조경이 세운 작은 사당은 철거되고 현재의 사당이 세워졌다.

배에서 내려 약 1km 걸어 드디어 제승당에 도착.

제승당 내부를 살펴보자 이순신 일대기를 그린 여러 기록화와 더불어 당시 사용한 화포 등이 재현되어있네. 나보다 먼저 방문한 일행 중 외국인들을 상대로는 통역이 붙어 이순신 이야기를 설명하는 중. 음, 역시 요즘 시대는 영어를 잘하는 것이 중요해.

　제승당 오른편에는 누각이 하나 있으니 이번에는 그곳을 가본다. 이곳 누각 앞에 펼쳐진 바다는 참으로 아름답구나. 어제 요트를 타고 본 기와 건물이 바로 이것이었다. 그런데 바로 이 누각에서 이순신은 다음과 같은 시를 지었다고 한다. 대한민국 국민이면 누구나 아는 매우 유명한 시.

　　한산 섬 달 밝은 밤에 수루에 혼자 앉아
　　큰 칼 옆에 차고 깊은 시름하는 차에
　　어디서 일성호가는 남의 애를 끊나니

　　　　　　　　　　　한산도가(閑山島歌)

　이 누각은 본래 이순신이 바다의 동태를 파악하기 위해 자주 찾았던 망루였다. 특히 일본군의 움직임을 누각을 중심으로 주변 미륵산, 고동산, 망산 등 높은 장소에서 미리 파악한 후 이를 봉화, 연, 고동 소리 등을 이용하여 한산도 본진에 알렸거든. 이에

(위) 제승당 전경. (아래) 이순신 기록화와 제승당 현판. ©Park Jongmoo

수루. ©Park Jongmoo

전장의 가장 빠른 정보가 전달되는 중요한 장소이기도 했던 것.

　이 정도 구경하고 제승당 뒤로 들어가보자.

충무사와 이순신 얼굴

제승당 뒤로 이동하면 활터를 만날 수 있다. 어제 요트를 탈 때는 저 멀리 과녁판만 보였는데, 이제야 활터 전체 분위기를 확인하는구나. 역시 활을 쏘는 장소와 과녁판 사이에 바다가 있어 마치 배를 타고 적선을 향해 공격하는 분위기로군. 직접 와서 보니 과녁판이 은근 멀게 느껴진다. 저길 맞추려면 상당한 연습과 노력이 필요하겠다.

한편 《난중일기》에는 총 278번의 화살을 쏜 기록이 남아있는데, 이 중 이곳 제승당 활터에서 쏜 것이 무려 237번이었다. 그만큼 이순신은 전투를 대비한 연습에도 상당한 공을 들였던 것. 무엇보다 지금도 이곳에서 활쏘기 대회가 종종 펼쳐진다니 흥미롭네.

이제 조금 높은 장소에 위치하고 있는 충무사를 향해 걸어가볼까?

통영 사람들의 지원으로 1932년 이순신 사당인 충무영당이 세워졌다. 당시는 일제 강점기 시절이었기에 나라를 뺏긴 울분을 이순신 사당으로 풀었던 모양. 이렇듯 이순신은 일제 강점기를 지나면서 폭

활터 전경. (오른쪽) 활을 쏘는 장소와 과녁판 사이에 바다가 있어 마치 배를 타고 적선을 향해 공격하는 분위기가 느껴진다. ⓒPark Jongmoo

바다

발하던 민족주의적 감정을 통해 더욱 높은 평가를 받는다. 이는 근대 시절 조선 왕조가 임진왜란 때와 달리 제대로 된 저항도 하지 못한 채 일본에 무너지자 이순신의 업적이 더욱 높게 느껴졌기 때문이 아닐까? 아무리 생각해보아도 참으로 허망한 조선의 최후였다.

그러다 독립 후인 1976년, 이순신 성역 사업이 대대적으로 진행되면서 충무영당은 철거되고 충무사가 지어져 현재에 이른 것. 음, 계단을 올라가 건물 내부를 보니, 여기도 이순신 초상화가 있네.

정형모 화백에 의해 1978년 그려진 충무사의 이순신 초상화는 조선 말 시점의 구군복 차림을 하고 있으며, 역시나 전립을 쓰고 지휘봉을 손에 쥐고 있군. 이는 청전 이상범의 이순신과 얼핏 유사한 모습이지만, 서양화로서 사실감이 넘치는 표현으로 그려졌다. 물론 이 역시 생전의 모습을 그대로 표현한 것이 아닌 상상화에 불과하나 그럼에도 불구하고 남다른 권위가 느껴지는군.

다만 최근 들어 한반도의 여러 역사 인물의 초상화를 새로이 그리면서 전통 회화 기법을 최대한 살리고, 더불어 당시 옷과 복장을 고고학 자료에 따라 충실히 재현하는 등 이전보다 완성도 높은 모습을 보여주는 상황이다. 이에 따라 앞으로 그려질 이순

(위) 충무사 전경. (아래) 이순신 초상화. ©Park Jongmoo

신 초상화는 큰 변화가 있을 듯한데. 음, 만일 임진왜란 당시 기준으로 그려진다면 격식에 맞추어 아무래도 흑단령 관복을 입은 형태의 이순신 초상화가 등장하지 않을까 싶군.

이김에 상상해볼까?

그제 국립진주박물관에서 만난 무관 권응수 초상을 바탕으로 이순신 관복 초상을 그려보자면,

1. 머리에는 사모(紗帽)라 불리는 모자를 썼고, 2. 흑청색의 흑단령 관복을 입었으며, 3. 두 손은 소매 안으로 넣어 보이지 않고, 4. 신발은 아래 바닥은 하얗고 위는 검은 형태. 5. 의자 팔걸이는 끝의 둥근 형태가 말아져있는 모습이며, 6. 인물 오른편 허리에는 삐쭉하게 삼각형으로 올린 옷깃이 보인다. 7. 가슴의 흉배는 무인답게 호랑이가 그려져 있고 8. 허리띠인 품대(品帶)의 경우 임진왜란 직후 좌의정에 추증된 만큼 1품 관직에 따라 서대, 즉 물소 뿔로 장식한 형식이다. 9. 전체적인 인물상은 화면 왼편을 향하여 몸을 살짝 돌린 자세다.

다만 문제는 얼굴인데. 솔직히 말하자면 이순신의 정확한 얼굴을 묘사한다는 것은 불가능하다. 생전 이순신의 초상화가 현재 존재하지 않은 만큼 상상에 의해 그려질 수밖에 없으니까.

통제사는 과거 시험에 같은 해 합격한 이로, 며칠을 같이 지냈는데 그 말의 논리와 지혜로움은 과연 난리를 평정할 만한 재주였으나 얼굴이 풍만하지도 후덕하지도 못하고 상(相)도 입술이 뒤집혀서 마음속으로 여기기를 '복장(福將)은 아니구나.' 하였는데 불행하게도 죄인으로 국청에서 신문을 받는 일이 있었고, 다시 쓰이기는 하였으나 겨우 1년이 지나서 유탄을 맞고 제명에 살다가 편안히 죽지 못하였으니 한탄스러움을 어찌 금하랴?

《태촌선생문집(泰村先生文集)》 고상안

나의 아버님께서 공의 딸을 외부(外婦; 소실)로 취하셨기에 나는 오히려 공의 문지기와 노비 및 공을 모셨던 사람을 만날 수 있었으니 공의 용모와 기호, 자세가 어떤 사람이었는지를 물을 수 있었다. 공은 키가 크고 용기가 뛰어났다. 수염이 붉었고 두려움이 없는 사람이었다. 평소에도 본래 몹시 분노하고 탄식하고 있었기에 적을 죽이면 반드시 간을 꺼냈다.

《통제사 이충무공 유사》 윤휴

그나마 이순신이 활동하던 시점으로 그의 얼굴을 묘사한 두 가지 기록이 남아있는데, 이 중 고상안은 이순신의 과거 시험 동기로서 한산도에서 무과 시험을 개최할 때 시점의 이순신 얼굴을 묘사했다. 다음으로 윤휴는 자신의 서자 형이 이순신 서녀의 아들이라는 인연을 이용하여 직접 이순신을 모신 사람들을 만나 여러 정보를 듣고 이순신 용모에 대한 기록을 남겼다.

다만 윤휴의 기록에서 주목할 점은 이순신의 죽음 후 얼마 지나지 않은 시점임에도 이미 이순신의 얼굴을 정확히 묘사하기가 어려운 상황이었다는 것. 단순히 키가 크고 수염이 붉었다는 내용뿐이니까. 이는 곧 살아있을 당시 이순신을 그린 초상화가 처음부터 존재하지 않았을 가능성도 내포하지 않을까? 만일 살아있을 때 그린 이순신 초상화가 존재했다면 자료 수집에 열정을 다하던 윤휴가 그것을 보고 분명 기록으로 남겼을 텐데 말이지.

어쨌든 해당 묘사에 따르면 이순신의 얼굴은 살이 없는 마른 형태였고, 뒤집어진 입술, 즉 윗입술이 말려 올라간 것처럼 생겼으며, 수염은 스트레스 때문에 탈색이 되었는지 붉은 빛이 있었다. 겨우 이 정도 정보뿐이라 이 역시 자료의 근거로 삼을 뿐 얼굴 전반을 그려내기 힘든 면이 있구나.

상황이 이러한 만큼 이순신 얼굴을 상상할 때마다 사람들은 이봉상의 초상을 바탕으로 고민하는 경

이봉상 초상. 교토대학종합박물관.

우가 많다. 이봉상(李鳳祥, 1676~1728)은 다름 아닌 이순신의 5대 손으로 조상과 마찬가지로 무과에 합격했으며 제 95대 삼도수군통제사를 역임하는 등 상당한 고위직까지 오른 인물이거든. 무엇보다 생전 그려진 흑단령 관복의 초상화가 남아있어 얼굴을 확인할 수 있다는 사실.

그러나 아들도 아닌 5대 손이라면 글쎄, 당장 나부터도 할아버지와 얼굴을 비교해보아도 꽤 달라졌으니 말이지. 결국 이봉상 얼굴로 이순신을 그려낸다는 것 역시 참고는 되겠지만 쉬운 일은 아닌 듯하다.

10

세병관

배를 타고 다시 통영 항구로

제승당을 구경하고 다시 항구로 돌아오자 저기 멀리서 배가 오고있는 게 보이네. 이렇듯 1시간에 한 대씩 통영과 한산도 사이로 배가 다니는 만큼 제승당까지 구경하기 딱 좋군. 배에서 사람들이 쭉 내리자 다음으로 탈 사람들이 배로 쭉 들어갔다. 한산도로 올 때와 동일하게 배 가장 높은 곳으로 올라가 주위 풍경을 구경한다.

이번 통영 여행에서 참으로 바다를 많이 본 듯하다. 덕분에 이순신과 조선 수군의 감정에 조금이라도 더 가까이 갈 수 있었지. 이렇게 배를 타다보니 언젠가 바다를 따라 더 먼 곳까지 가보고 싶어지네. 크루즈 여행? 하하. 돈 좀 벌고 고민해보자. 오늘 따라 외국인도 가득한 배는 이윽고 통영항여객선터미널에 도착하였다. 배에서 내리자, 이제야 슬슬 배가 고픈 것 같군. 배를 타면 확실히 배가 쉽게 꺼지는 듯. 이유는 모르겠지만 참으로 묘하단 말이지.

근처 음식점을 찾기 위해 서호시장으로 들어갔다. 항구 도시라 그런지 당연하게도 물고기 등 해산

(왼쪽) 삼가네해물짬뽕의 해물볶음밥. (오른쪽) 삼가네해물짬뽕 전경.
©Park Jongmoo

물이 가득하고 덕분에 눈요깃거리가 많네. 그렇게
뭘 먹을지 고민하며 시장을 몇 바퀴 돌고 돌다 마음
에 드는 간판을 드디어 발견했다. '삼가네해물짬뽕'
이라. 그래, 여기다. 왠지 해물과 연결되는 음식이 먹
고 싶어졌거든.

들어가서 메뉴를 살펴보니, 짬뽕 외에도 여러 음
식이 있다. 오! 그래. 이 중 해물볶음밥을 시키자. 워
낙 볶음밥을 좋아하다보니, 통영의 해물볶음밥은 어
떤지 궁금하군.

주문 후 얼마 지나지 않아 볶음밥이 나왔다. 주위
손님들 대부분이 짬뽕 종류를 먹건만 나는 내 소신
대로 이곳에서는 소수만이 선택하는 볶음밥을 먹는
다. 오호! 맛있네. 특히 밥과 함께하는 해산물, 이 중

오징어와 새우 맛이 훌륭하구나. 국물로는 조갯국이 나오는데, 얼큰하고 시원하다. 역시 볶음밥은 재료에 따라 새로운 맛을 준다니까.

어느새 그릇은 비워졌고 국물마저 다 마셔버렸다. 배가 다시금 든든해진 느낌. 이제 든든히 먹었으니 세병관까지 슬슬 걸어가봐야겠다.

통영과 선무원종공신

여기서 약 10여 분 정도 걷다보면 통영에 존재하는 국보 건물인 세병관을 만날 수 있다. 그럼 목표가 정해진 만큼 다시 걸으며 통제영이 통영으로 옮겨진 배경을 알아볼까?

1598년 11월 19일, 이순신이 전사한 노량해전과 함께 임진왜란은 사실상 마무리된다. 하지만 임진년(1592)과 정유년(1597), 이렇게 두 차례 일본의 침입이 있었던 만큼 이번에는 반대로 조선에서 대마도를 정벌하자는 주장이 등장하였다. 아무래도 대마도가 한반도와의 오랜 교류를 통해 조선을 잘 알고 있어 임진왜란 때 일본군의 길 안내 및 정보 지원에 중요한 역할을 맡았거든. 그래서 제대로 된 보복이 필요하다고 여긴 모양.

하지만 조선을 지원하기 위해 파견된 명나라 군대가 철군하기 전, 군대를 재정비하여 조명 연합군으로 대마도를 치자는 계획은 결국 실행되지 못했다. '오성과 한음' 중 한음으로 유명한 이덕형(李德馨, 1561~1613)이 수군 1만을 동원한 대마도 정벌을 강력히 주장하였으나, 조선 정부는 이를 실행할 만한 배포와 실력이 안 되었기 때문. 물론 명나라 군대 역시 비협조적이었다. 만일 이때 대마도를 정벌했다면 어찌 되었을까? 글쎄, 때리면 가만히 맞고 있는 한반도가 아니라 함부로 공격하면 되려 당할 수도 있다는 매서운 경험을 일본에게 주었을지도. 결국 이런 매서운 경험이 없어서일까? 근대가 되자 또다시 한반도를 노리고 일본은 들어오게 된다.

한편 '오성과 한음' 중 오성으로 유명한 이항복(李恒福, 1556~1618)은 또다시 벌어질 수 있는 일본의 침입을 방비하기 위한 대책을 건의한다. 내용인즉 일본군 침략 루트로 예상되는 경상도 부산과 전라도 고금도에 수군 거점을 두는 방안이었다. 이 방안을 기반으로 부산과 고금도 중간에 위치하여 어디든 일본군 침략이 있다면 빠른 지원이 가능한 통영의 두룡포에 통제영이 자리 잡는다.

이에 따라 1604년, 제6대 삼도수군통제사 이경준에 의해 통제영이 지금의 통영으로 옮겨졌으며 세병관을 비롯한 여러 관청 건물이 세워졌다. 이로써 통영에 삼도수군통제사가 위치하면서 1604년부터 1895년까지 약 300년 간 조선 수군 전반을 총괄하는 시대가 열린 것이다.

그런데 통제영이 오랜 기간 통영에 위치하자 이

지역을 기반으로 재지군관 가문이 점차 형성되기 시작했다. 그 대표적 가문으로 파주 염씨, 한산 이씨, 청주 한씨 등이 있었으니, 마침 선무원종공신 염언상의 묘가 통영 시내에 남아 있어 당시 명성이 어떠했는지 여전히 보여주고 있지. 오늘은 염언상의 묘까지는 가볼 생각이 없어 잠시 이 자리를 빌어서 소개해보자면.

염언상은 본래 전라도 보성의 집성촌 출신으로, 임진왜란이 벌어지자 당시 전라좌수사였던 이순신 휘하에서 유격장으로 활동하면서 한산대첩에서 공을 세웠다. 그리고 정유재란 때는 의병을 일으켜 권율을 돕다가 1597년 추풍령 전투에서 그만 46살로 전사하고 만다. 그 결과 임진왜란이 끝나자 그동안의 공을 인정받아 그는 선무원종공신(宣武原從功臣)에 오른다. 이에 '선무원종공신 염언상 묘'라는 이름이 붙여진 것이다.

그렇다면 여기서 선무원종공신이란?

1604년 임진왜란 때 전투 및 군수품 보급에서 공을 세운 인물 중 이순신, 권율, 김시민 등 선무공신을 뽑았는데, 이들 외에도 공을 세웠으나 선무공신에 오르지 못한 인물들을 대우하기 위해 만든 것이다. 선무공신보다는 아무래도 격이 낮았으며, 그 숫자도 많아서 무려 총 9060명이 뽑혔다. 이는 무관 외에도 의병이나 군관 등의 신분으로 전쟁에 참여한 이들을 대거 공신으로 포함시켜 나온 수치였다.

다만 이들 역시 공신이었기에 다음과 같은 혜택이 있었다. 1. 본인이나 후손에 대한 특별 승진, 2. 자손의 경우 과거 시험을 거치지 않아도 일정 벼슬을 주는 음서 제도, 3. 부모에게는 작위를 주며, 4. 본인이나 후손의 죄에 대한 처벌의 면제 등이 그 내용이다.

이에 따라 선무원종공신 2등에 오른 염언상 덕분에 그의 후손들은 통영에 자리 잡고 대를 이어가며 번성하였으니, 그 결과 공신 가문으로서 군관직을 세습하는 통영 내 상당히 이름난 가문이 된다. 이렇듯 임진왜란 때 활약한 가문으로서 높은 대접을 받았던 것. 이와 비슷한 방식으로 한산 이씨, 청주 한씨 등도 본래 타 지역에서 살다 임진왜란을 기점으로 통영에 자리를 잡았으며 역시나 전쟁 때 공을 세운 가문들이었다.

이와 같이 처음에는 임진왜란 때 활약했던 타 지역 사람들이 주축이 되어 통영이 군사 도시로 발전하였으니, 이는 요즘으로 치면 전라도 광양에 국내 최대 규모의 제철소인 포스코 광양제철소가 세워지자 전라도뿐만 아니라 경상도 사람들이 도시로 모여든 것과 유사하다고나 할까? 그런 만큼 통영은 임진왜란이 만들어낸 계획도시라고 해도 과언이 아닐 듯싶다.

세병관

드디어 국보로 지정된 세병관에 도착했다. 스마트폰을 꺼내 확인해보니, 어느덧 오후 2시가 훌쩍 넘어가는 중. 주변 바다를 호령하듯 높은 언덕 위에 위치한 세병관은 그 크기가 참으로 웅장하구나. 거대한 지붕 아래로는 수많은 붉은 기둥들이 줄과 열을 맞춘 채 당당한 모습으로 세워져있으며 그 현판의 크기마저 남다르다.

현판에는 세병관(洗兵館)이라고 한문으로 써있다. 이는 당나라 시인인 두보의 "안득장사만천하(安得壯士挽天河) 정세갑병영불용(淨洗甲兵永不用)"이란 글귀에서 인용한 것이다. "어찌하면 힘센 장사를 얻어서 하늘에 있는 은하수를 끌어와 피 묻은 갑옷과 병기를 씻어 다시는 쓰이지 않도록 할까"라는 의미를 지니고 있으며, 이를 줄여서 "만하세병(挽河洗兵)"이라 하여 '세병관'이라는 이름이 만들어진 것.

이처럼 이름에서도 남다른 의미를 지니고 있는 세병관은 1605년 1월에 짓기 시작하여 그해 7월 14일에 완성되었다. 1963년 10월 24일 건물을 해체하

세병관 현판. 제137대 삼도수군통제사 서유대 글씨. ©Park Jongmoo

세병관 전경. ©Park Jongmoo

세병관 중앙의 단. 정기적으로 대궐을 향해 망궐례를 진행하던 장소.
©Park Jongmoo

여 수리할 때 세병관중수상량문이 발견되어 정확한 정보를 알 수 있었지. 이때는 임진왜란이 끝나고 불과 7년이 지난 때인지라 여전히 조선 곳곳에 전쟁의 상흔이 남아있었을 테니, 세병관이라는 이름이 지닌 의미가 더욱 남다르게 다가오지 않았을까? 마치 힘 센 장사 = 전쟁을 마무리한 이순신을 상징하는 것 같거든.

다만 처음 만들어졌을 때만 해도 이보다 크기가 작았으나 여러 차례 중건을 통해 확장되어 현재의 거대한 모습을 보인 것이라 한다. 즉 중수가 수차례 있었던 것. 현재 보이는 세병관이라는 현판은 이러한 과정 중 제 137대 삼도수군통제사인 서유대가 남긴 글씨. 무과 출신으로 삼도수군통제사를 역임한 인물의 힘 있는 글씨가 매력적.

세병관 안으로 들어서자 벽 없이 완전히 개방된 형태 덕분에 시원한 기분이 든다. 여름에 오면 그 시원함이 더욱 남다를 듯. 안에는 이미 여러 사람들이 건물 내부를 돌아보며 구경 중이다. 나 역시 건물 곳곳을 걸으며 이곳저곳 구경해본다. 무려 국보로 지정된 건물에 신발을 벗고 올라가 직접 걸어다닐 수 있다니, 참으로 멋진 경험이 아닌가.

가만 살펴보니, 흥미롭게도 중앙에는 일정한 높이로 단이 만들어져 있네. 또한 약간 높게 만들어진

단 위로는 그림이 여럿 배치되어있어 또 다른 볼거리를 제공한다. 그런데 이곳 단은 과거 삼도수군통제사를 필두로 그의 아래에 있는 여러 관원들이 매달 초하루와 보름이 되면 정기적으로 대궐을 향해 예를 올리는 망궐례(望闕禮)를 진행하던 장소였다. 그렇다. 사실 이 건물은 겉으로 보이는 위용과 달리 통제사의 집무실이 아니라 멀고 먼 한양에 있는 왕에게 인사하기 위하여 만들어졌던 것.

조선은 유교 가치관을 전국적으로 보급하기 위하여 지역 중심마다 객사를 세우고 전패를 모셔둔 채 관리들이 매시기마다 대궐을 바라보며 절하는 의식을 치렀거든. 이때 전패란 임금을 상징하는 전(殿)을 새긴 위패 모양의 나무 판을 의미한다. 즉 임금을 대신하는 나무 판이라 생각하면 좋겠군. 이 문화는 15세기 이후 점차 퍼져가다 임진왜란과 병자호란 이후인 17세기 중반부터 더욱 적극적으로 개최되었지. 양난으로 크게 실추된 왕권을 전국에서 정기적으로 치러지는 망궐례를 통해 통제하는 방식으로 극복하려 했던 것.

마치 지금 눈으로 본다면 종교 시설을 특정일마다 방문하는 모습과 유사했다. 종교 상징물이 건물 중심에 위치한 채 때마다 예배 드리는 모습이 바로 그것. 그런 만큼 조선 시대에 왕이라는 존재가 얼마나 위대하게 포장되었는지 절로 상상되는걸.

오죽하면 전패에 훼손 사건이 발생할 경우 주모자를 잡아 의금부로 압송하여 심문한 후 군기시(軍器寺; 무기 제작을 맡던 관청) 앞길이나 해당 고을에서 공개로 처형시켰을 정도였다. 뿐만 아니라 가족들도 연좌제로 인해 거의 멸문(滅門) 수준의 화를 면치 못했다. 이 중 아버지와 16세 이상의 아들은 교수형에 처해졌고, 15세 이하의 아들, 어머니와 처, 딸, 자매 등은 노비로 전락하였으며, 재산은 몰수 처리시켰다. 이는 곧 역모를 꾸민 이의 형별과 마찬가지였던 것. 이렇듯 망궐례는 17세기 중반부터 말 그대로 무서운 통제 정책 일환으로 운영된 것이다.

이러한 목표에 따라 지역마다 객사 건물은 갈수록 관청 건물 중에서 가장 크고 웅장하게 지어졌으니, 이곳 세병관이 다름 아닌 객사로서 결과물이다. 하지만 일제 강점기가 되자 객사 건물의 운명은 새로운 변화를 직면하게 된다. 일본은 한반도를 지배하면서 조선 시대 사용하던 관청을 대거 없애버리는 정책을 펼쳤는데, 그 자리에는 새로운 근대식 관청 건물이 만들어지곤 했거든. 그 과정에서 객사 역시 철거되었으나 종종 기존 관청 중 가장 큰 건물에다 남다른 상징성을 부여하기 위해 학교나 도서관으로 사용하기도 했다.

일제 시대 때 학교로 사용된 세병관.

　그래서일까? 마찬가지로 세병관 역시 한때 초등
학교로 사용된 적이 있다. 이곳 넓은 마루를 칸막이
로 각각 나누어 교실로 구성한 후 학생들이 공부했
던 것. 이는 한때 한반도의 지배자인 조선 왕을 상징
하던 장소가 일개 어린아이에게도 개방되는 장소로
변하였음을 보여준다. 덕분에 당시에는 새로운 세상
의 변화된 모습에 대한 상징처럼 다가왔을 듯.

　어느덧 세병관 구석 한 자리에 앉아 시원한 바람
을 느끼며 가만히 고민해본다. 한편으로 객사 건물
의 용도 변화를 직접 우리 손으로 이룩하지 못한 시
대가 무척 아쉽군. 임진왜란과 병자호란 후 조선의

세계관은 더욱 좁아지면서 보수적 관념에 따라 성리학과 유교 질서에만 편집적으로 집중하더니, 결국 변화된 세상에 적응하지 못하면서 근대화마저 실패하였다. 그 결과 임진왜란과 달리 제대로 된 정규 병력의 전투도 없이 허무하게 무너진 채 일본에게 굴욕적인 식민 지배까지 당하고 말았지. 하지만 한반도가 우리 손으로 근대화에 성공하여 새로운 변화를 이룩한 사회를 건설했다면 과연 왕을 상징하는 객사 건물은 어떻게 되었을까?

유럽의 예를 볼 때 근대를 지나며 왕이 사용하던 궁은 대중들을 위한 뮤지엄이 되었고, 지역 곳곳의 왕과 귀족 영지 역시 국가에 귀속되어 대중들을 위한 공간으로 재탄생되었다. 대표적인 예시가 다름 아닌 프랑스의 루브르 박물관이다. 이와 마찬가지로 조선 역시 우리 손으로 직접 무너뜨리고 근대 국가를 세웠다면 글쎄. 서울의 조선 궁궐은 아마 국가 뮤지엄으로 귀속되었을 것이고, 객사 건물과 관청 건물 역시 폐쇄되거나 학교나 박물관이 들어섰겠지. 이런 변화를 우리 손으로 직접 해냈어야 했는데, 너무나도 근대 시절이 아쉽단 말이야.

지금까지 보았듯 왕에게 마치 종교에 가까운 충성을 강요하던 조선의 시스템은 일본과 맞닿은 바다에 세운 군사 도시마저 가장 큰 건축물을 객사로 만들도록 하였다. 그리고 때마다 객사에서는 왕을 상징하는 전패를 두고 관원들이 인사드리는 모습을 보여주었다. 이렇듯 실용보다 극히 형식적인 면에 집중하던 결과물이 다름 아닌 객사 건물과 망궐례였던 것. 유독 남다른 위용을 뽐내는 세병관이지만 개인적으로 아쉬움마저 느껴지는 것은 바로 이 때문.

참고로 이순신은 전라좌수사가 된 이후부터 매월 1일과 15일마다 망궐례를 지냈으나, 선조의 명을 어겼다는 죄로 파직하여 옥고를 치른 뒤부터는 더 이상 망궐례에 참가하지 않았다. 난중일기에 꾸준히 등장하던 망궐례가 1597년부터 아예 등장하지 않아 이를 알 수 있지. 이는 곧 억지로 충성을 강요하는 허례 의식만으로는 결코 인간의 마음을 가져올 수 없음을 보여주는 증거가 아닐까 싶군.

마찬가지로 17세기 중반부터 더욱 강화된 통제 정책으로 전국에서 개최된 망궐례 역시 종종 백성들이 전패를 파괴하는 행위로 반발을 보였다. 오죽하면 조선 말까지 무려 76건의 전패 훼손 사건이 벌어졌을 정도니까. 이는 곧 안정되고 훌륭한 정책이 기반되지 않는다면 아무리 거대한 건물에 정기적인 의식을 치르며 엄격히 사람을 통제하고자 해도 분명한 한계점을 드러냄을 보여준다.

한편 이런 모습을 21세기가 된 현재에도 북한에

서 만날 수 있으니, 그곳에서는 김씨 부자에 대한 남다른 신격화를 통해 그들의 조각상을 두고 전국적으로 정규적인 예배 의식이 지금까지도 이어지고 있거든. 오히려 참가 인원마저 관원이 중심이 된 조선 시대보다 더욱 규모가 커졌으니 말이지. 쯧쯧. 먼 미래에 통일 후 김씨 부자 관련한 동상과 건축물이 어찌 응용될지 지켜볼 일이다.

통영성의 흔적

통제영은 삼도 수군을 총괄하는 조선 최대 규모의 수군 기지답게 한때 십여 채 이상의 관청 건물이 위치한 장소였다. 그러나 일제 강점기 시절 세병관을 제외한 대부분의 건물이 헐려 사라지고 말았지. 그 결과 지금은 사라진 건물 중 일부만 복원하여 보여주는 중. 한편 일제 강점기 시절 사라진 것 중에는 성곽도 포함되었으니, 과거 통영에는 통제영을 중심으로 약 3.6km의 성 둘레를 자랑하는 통영성이 있었거든.

통영성은 1687년 57대 통제사 윤천뢰(尹天賚)가 쌓은 것으로 적이 수군 기지를 직접 공격할 때를 대비하여 구축하였다. 뿐만 아니라 성의 구조는 4대문(大門), 2협문(夾門), 3포루(砲樓)가 함께한 나름 거대한 크기였기에 지금까지 남아있었다면 꽤나 볼만한 구경 거리가 되었을 텐데 조금 아쉽군. 마치 수원의 화성이나 진주의 진주성 같은 유적지처럼 말이지. 그러나 성터가 아직도 조금 남아 있다는 사실. 이제 통제영 구경은 끝났으니, 성의 흔적을 보러 이동

산 정상에 보이는 북포루. ©Park Jongmoo

북포루

북포루에서 바라본 한산도, 동포루, 그리고 스탠포드호텔, 미륵산이
한눈에 들어온다. ©Park Jongmoo

북포루 ©Park Jongmoo

통영지도, 1872년, 국립서울대학교규장각.

해보자.

세병관 북쪽에 위치한 여항산을 따라 등산을 시작한다. 큰길을 건너 산을 오르자 점차 빽빽한 나무가 나를 반겨주는군. 이렇게 흙길을 밟으며 이동하니, 마음이 편해진다. 역시 등산은 참으로 즐거운 일이야. 한 30분을 조용히 걸었을까? 드디어 저기 북포루가 보이는군. 맞다. 과거 통영성에 존재했던 3포루 중 하나가 바로 이곳이라는 사실.

더 가까이 다가간 후 북포루에 올라서자 저 멀리 3포루 중 나머지 서포루와 동포루가 보이네. 주변의 유독 높은 장소마다 포루를 만들었군. 다만 3포루 중 이곳이 가장 높은 곳에 위치한지라 풍경이 무척 아름답구나. 오호라! 통영 풍경을 감상하다보니 이번 여행에서 숙소로 사용한 스탠포드호텔도 만났다. 참으로 멋진 곳이었지.

그렇게 아름다운 풍경에 한참 빠져있다 정신을 차린다. 아참, 이곳에 통영성의 흔적을 보러 왔지. 이번에는 포루 아래로 조심스럽게 내려가본다. 1993년 북포루 아래로 그리 규모가 크지는 않으나 성 일부가 복원되었다. 마찬가지로 2012년 서포루, 2013년 동포루가 복원되면서 성 역시 일부 복원되었다. 잠시 북포루 아래로 내려가 살펴보니 사각형으로 쌓은 성 모습이 꽤나 멋지군. 즉 과거에는 이런 식으로 서포루와 동포루, 그리고 북포루까지 쭉 한 바퀴를 돌며 성이 둘러싸여 있었던 것.

다시 포루 쪽으로 올라가다 보니 아까 급하게 이동하느라 지나친 표지판을 발견했다. 통영성지에 대한 설명과 함께 통영 지도가 복사되어 배치되어 있군. 이는 1872년 그려진 것으로 현재 서울대학교 규장각 소장품이다. 지도를 자세히 뜯어보니 통영성의 위용이 제대로 이해된다. 여기저기 크고 작은 문이 있고, 북포루·동포루·서포루도 그려져있네. 또한 세병관을 포함한 과거 통제영 건물뿐만 아니라 정박해있는 선박, 미륵도와 함께 통영 북쪽과 미륵도를 연결하는 착량교(鑿梁橋), 그리고 한산도와 거제도 및 견내량도 표기되어 있다.

지도를 본 후 다시금 통영 풍경을 바라보자 확실히 다른 느낌으로 다가오는걸. 임진왜란 때 한산도 대첩에서 이순신이 크게 승리한 뒤부터 남달리 주목받은 이곳 통영 바다. 임진왜란이 끝나자 수군 기지를 설치하며 군사 도시가 만들어졌고, 그 남다른 위용은 약 300여 년 지속되었지. 바로 그 바다가 내 눈앞에 보이는구나. 하지만 임진왜란 때 지켜낸 바다를 근대 시절에는 지켜내지 못했으니, 이 역시 통영에 아픔의 흔적으로 남아있다.

통영의 아름다운 바다 풍경을 마지막으로 감상하

면서 이번 여행을 슬슬 마무리해야겠군. 이제 하산하여 택시를 불러 버스터미널로 가야겠다. 버스를 여러 번 갈아타며 집이 있는 안양까지 가야 하니. 음, 아직 나의 여행은 끝나지 않았구나. 버스를 탄 후에는 잠이나 푹 자야겠다. 여행이 끝나려 하니 그동안 쌓인 피곤함이 몰려오네.

그럼 다음 여행지에서 또 만나요~

에필로그

어릴 적부터 나는 임진왜란에 특별한 관심이 있었다. 아무래도 유치원 시절 '조선 왕조 500년'이라는 드라마 중 임진왜란을 우연치 않게 본 적이 있는데, 여기에 크게 빠져들면서 그리 된 듯. 눈을 비비며 저녁에 하는 드라마를 기다리다 겨우 보고 잤던 기억이 새록새록. 오죽하면 나의 열정 때문에 부모님이 당시에는 어마어마하게 비싼 가격이었던 비디오까지 구입하여 매번 '조선 왕조 500년'을 녹화해둘 정도였다. 어린이답게 저녁에는 자고 대신 낮에 보라고 말이지.

그렇게 드라마를 반복하여 보면서 점차 명배우 김무생이 보여준 이순신에 크게 빠져들고말았지. 어린이였음에도 그의 너무나 멋진 연기에 감동했던 모양. 지금도 김무생의 당당한 이순신 모습이 기억의 단편처럼 떠오를 정도니까. 이렇게 나에게 이순신의 생전 모습 = 김무생의 연기가 된 것. 당연히 김무생은 이후로도 나의 인생 최고 배우가 되었고, 세월이 지나 '용의 눈물'이라는 드라마에서는 이성계 역할을 맡으며 또다시 멋진 모습을 선보였다.

그래서일까? 성인이 된 이후부터는 아예 이순신이나 임진왜란 관련한 유적지를 직접 방문하는 것이 개인적인 취미가 되었다. 남해안의 여러 지역뿐만 아니라 아산의 현충사, 이순신 묘도 시간이 날 때마다 여러 번 방문했을 정도. 그 과정에서 지리적으로 무척 가까운 만큼 진주와 통영을 가능한 함께 돌곤 했었다. 아무래도 진주를 찍고 통영을 가면 여러 모로 편했으니까.

그렇게 세월이 더 지나 '일상이 고고학' 시리즈를 집필할 수 있는 기회를 얻는다. 대한민국에 책을 쓴 작가들이야 무척 많겠지만, 시리즈로 묶어 여러 권을 쓴 작가는 매우 드문 만큼 개인적으로 볼 때 큰 행운이었지. 무엇보다 한 권 한 권 각각 출판사를 달리하며 쓰는 것에 비해 시리즈인 만큼 여러 주제와 지역을 안정적으로 하나씩 책으로 엮을 수 있더군.

그렇게 집필을 이어가던 어느 날 이유는 모르겠지만, 드디어 진주와 통영을 함께하는 여행기를 쓸 때가 왔다는 생각이 들었다. 이에 이번 여행에서는 제대로 비싼 호텔까지 잡고 여행을 해보기로 한다. 통영의 스탠포드호텔에서 한산도대첩이 벌어진 바다가 잘 보인다는 소문은 들었는데, 직접 가본 적은 없었거든. 그런데 이번에 이순신이 등장하는 책을 쓴다는 핑계를 대니 나답지 않게 그 비싼 호텔 값도 당당히 지불할 수 있더군. 어쨌든 이번 여행 책을 통해 진주와 통영에 있는 여러 역사 이야기를 살펴보는 기회가 되면 좋겠다. 그 지역의 역사를 탐험하는 것만큼 재미있는 건 드무니까.

이제 임진왜란이라는 어마어마한 국난에서 몸을 던지며 활약했던 영웅들에게 존경의 마음을 담으며 이번 책을 마무리하고자 한다.

참고 문헌

강성문, 진주대첩에서의 김시민의 전략과 전술, 군사, 2004.

고광섭, 정유재란 시기 선조의 출전 명령과 이순신의 출전 의지 및 출전 불가 사유에 대한 연구, KNST, 2021.

곽성훈, 조선전기 기병과 화포의 편성원칙 - 奇兵과 正兵 체계의 성립 -, 인문과학연구, 2017.

김경태, 임진·정유재란기 동래 지역의 전황−일본군의 주둔 동향과 조선의 대응을 중심으로−, 항도부산, 2019.

김미경, 조선 시대 공신초상을 통한 관복제도 연구, 안동대학교, 2021.

김미영, 한국 미륵설화의 연구, 영남대학교, 2005.

김병륜, 조선후기 선박의 櫓 구조와 軍船 格軍의 편성과 운용, 역사민속학, 2018.

김상현, 統制營 在地軍官의 대두와 家門 형성 : 統營 洗兵館 座目을 중심으로, 경상대학교, 2017.

김인호, 조선후기 '원균 이미지'의 변화상과 '원

균 비판'의 정치성, 역사와 교육, 2016.

김준형, 조선 시대 晉州城의 기능과 성내 시설의 변화, 조선 시대사학보, 2013.

김평원, 임진왜란과 거북선 논쟁의 새로운 패러다임 : 민족의식을 탄생시킨 임진왜란 거북선 구조 논쟁의 새로운 가설, 도(櫂) 젓기, 책바퀴, 2022.

김현순, 軍服에 對한 硏究 : 具軍服을 中心으로 , 한국교육학술정보원, 1981.

노영구, 16~17세기 鳥銃의 도입과 조선의 軍事的 변화, 한국문화, 2012.

박세원, 조선 시대 진주성 외성과 진주목 관아지의 위치 비정, 경주대학교, 2017.

박재광, 가장 진화된 조선의 소형화기 "소승자총통", 과학과 기술, 2006.

박재광, 전란극복을 위해 도입된 신문기 "불랑기", 과학과 기술, 2006.

박재광, 전쟁사를 다시 쓰게 한 "조총", 과학과 기술, 2006.

송기중, 17~18세기 통제영의 방어체제와 병력운영, 한국문화, 2016. 윤석호, 조선후기 殿牌作變 연구, 한국민족문화 2016.

송미숙, 근대 이후 제작된 '이순신' 초상 이미지의 통시적 고찰, 미술사학, 2022.

이민웅, 丁酉再亂期 漆川梁海戰의 배경과 원균 함대의 패전 경위, 한국문화, 2002.

이성훈, 군복본(軍服本) 정조어진(正祖御眞)의 제작과 봉안 연구 사도세자에 대한 정조의 효심과 계승 의지의 천명 , 미술사와 시각문화, 2020.

이은주, 김미경, 선조대(宣祖代) 공신초상(功臣肖像)의 복식 고찰, 문화재, 2019.

이정일, 임진왜란 전반기 조선의 남병(南兵) 인식과 활용 방안, 한국사연구, 2020.

이종화, 명량해전 직전 조선 수군의 폐지 문제에 대한 재검토, 한국군사학논집, 2021.

이주영, 임진왜란기(1592~1598) 상급 수군 흑단령 일습의 조형 특성과 일러스트 제안, 복식, 2020.

전동호, 변방의 미술: 엘리자베스 키스의 동양 그리기, 미술사학, 2020.

정해은, 17세기 후반 윤휴의 「제장전(諸將傳)」연구, 이순신연구농총, 2020.

조성균, 곽정현, 조선 시대 무과제도와 활쏘기 문화의 성쇠(盛衰), 무예연구, 2018.

조수강, 일본 신판화(新版畫) 화가 '엘리자베스 키스'에 착종된 제국의 시선 일본 발행 신문 기사 (1916 1956)를 중심으로 -, 일본어문학, 2021.

진성대, 사명대사 일본행렬도의 복식연구, 성균

관대학교, 2020.

    최형국, 朝鮮前期 武科에서의 擊毬 도입배경과 그 실제, 역사민속학, 2013.

    판옥선 학술 복원 보고서, 전통선박 조선기술 Ⅶ, 2021, 국립해양문화재연구소.

    한호림, 진짜 싸울 수 있는 거북선, 디자인하우스, 2019.

일상이 고고학 : 나 혼자 통영 진주 여행

이순신 장군을 찾아서

1판 1쇄 인쇄 2023년 12월 1일
1판 1쇄 발행 2023년 12월 12일
지은이 황윤
펴낸이 김현정
펴낸곳 책읽는고양이 / 도서출판리수
등록 제4-389호(2000년 1월 13일)
주소 서울시 성동구 행당로 76 110호
전화 2299-3703
팩스 2282-3152
홈페이지 www.risu.co.kr
이메일 risubook@hanmail.net
ⓒ 2023, 황윤
ISBN 979-11-92753-14-0 03910